KB102177

변혁 1990

1990

21

천지무천 장편소설

FUSION FANTASTIC STORY

변혁 1990 21권

천지무천 장편 소설

초판 1쇄 찍은 날 § 2016년 8월 24일
초판 1쇄 펴낸 날 § 2016년 8월 31일

지은이 § 천지무천
펴낸이 § 서경석

편집책임 § 고승진

펴낸곳 § 도서출판 청어람
등록번호 § 제1081-1-89호
등록일자 § 1999. 5. 31
어람번호 § 제1-2513호

주소 § 경기도 부천시 원미구 심곡2동 163-2 서경B/D 3F (우) 14640
전화 § 032-656-4452 팩스 § 032-656-4453
http://www.chungeoram.com
E-mail § chungeorambook@daum.net

ISBN 979-11-04-90945-0 04810
ISBN 978-89-251-3388-1 (세트)

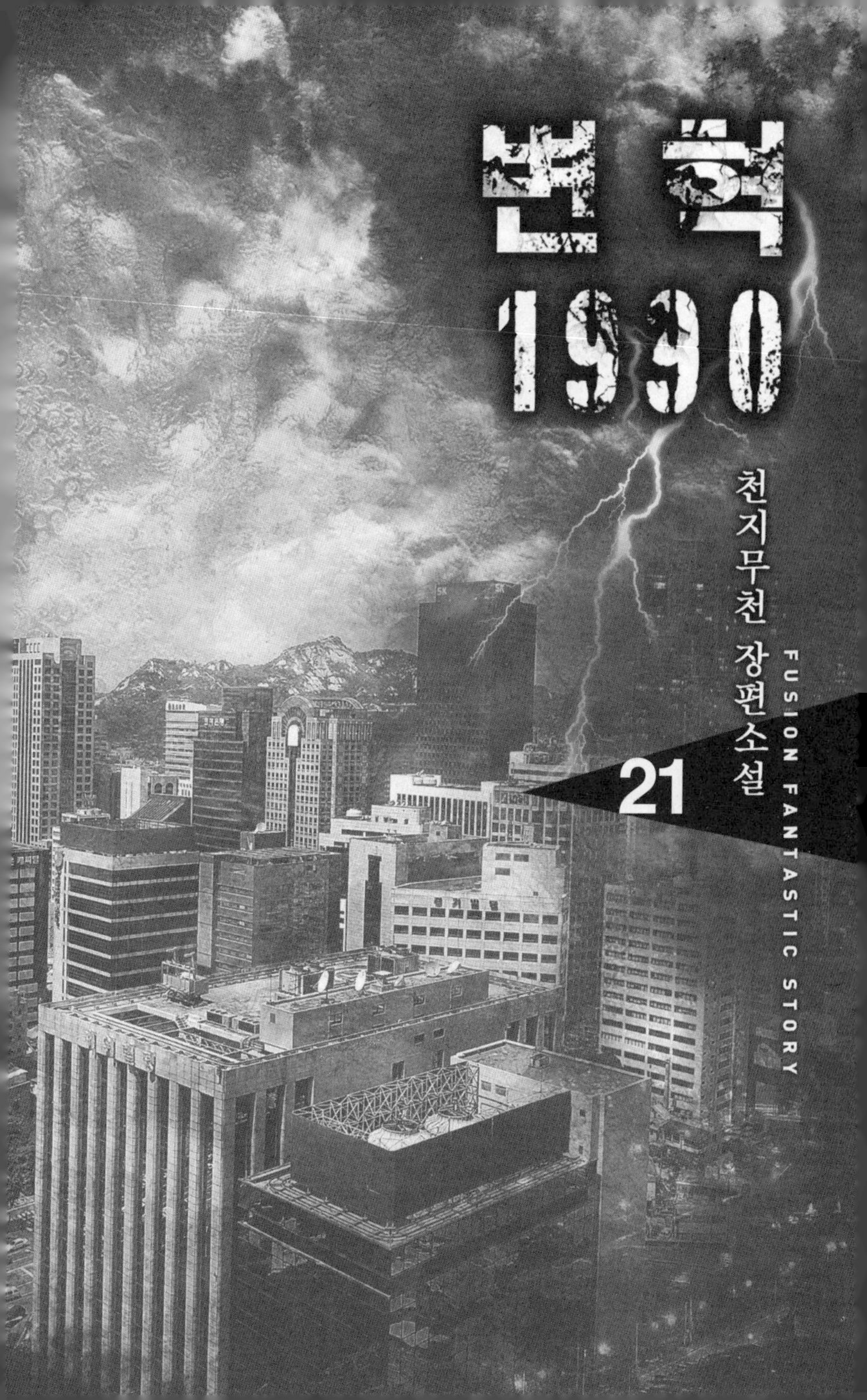
변혁
1990
천지무천 장편소설
FUSION FANTASTIC STORY
21

Contents

Chapter 1

부에나벤뚜라 항구를 떠난 지 3시간이 지났지만, 부레야 호를 쫓는 비행기나 배는 없었다.

48시간이 지나 태평양 한복판에 들어서야지만 안심할 수 있었다.

지금 부레야 호에는 33억 6천만 달러라는 엄청난 자금이 실려 있었다.

"절 추격했던 인물들이 DEA(마약단속국)면 이 배를 추격 할 수도 있습니다."

가족들과 무사히 배에 올랐지만 바카의 얼굴에서는 불안

감이 떠나지 않고 있었다.

"지금은 우리가 만든 미끼를 DEA가 쫓기를 바라야 합니다. 그래야만 우리가 원하는 시간을 벌 수 있습니다."

부에나벤뚜라 항구에서 우리보다 30분 뒤에 출항하는 브라질 행 화물선이 있었다.

그 화물선에 바카와 그의 가족들로 위장한 인물들을 승선시켰다.

DEA가 칠레 행 화물선을 쫓는 시간만큼 부레야 호는 시간을 벌 수 있었다.

"후— 우! 저희가 탈출할 수 있을까요?"

바카는 깊은 한숨을 쉬며 물었다.

"시간이 우리의 편이라면 가능합니다. 더구나 부레야 호는 러시아 정부의 소유라 공해상으로 나가면 함부로 정지명령을 할 수 없습니다. 그들도 분명히 이 배를 멈추기 위해 절차를 진행할 것입니다. 우리는 어떡하든지 시간을 벌어야만 합니다."

바카를 안심시키기 위해서 말을 했지만 나 또한 불안감이 드는 것은 매한가지였다.

미국이 마음만 먹는다면 이 배를 강제적으로 멈추는 것은 일이 아니었다. 단지 그러한 마음을 먹는 시간이 오래 걸리길 바랄 뿐이었다.

"신께서 우리와 함께해 주실 것입니다. 그리고 정말 감사드립니다. 강태수 대표님을 만나지 않았다면 저와 가족들은 이번 달을 넘기지 못했을 것입니다."

메데인 카르텔을 이끄는 에스코바르는 정부를 향해 항쟁을 선언했다.

그건 모든 조직원을 위태롭게 만드는 것이었다.

"우리가 인연이 있었기 때문입니다. 러시아에서는 무엇을 하실 예정이십니까?"

"아직 거기까지 생각해 보지 못했습니다. 먼저 가족들을 위험에서 탈출시키고 싶었습니다. 그게 저에게는 우선이었으니까요."

바카는 가족들을 무척 아끼고 사랑했다. 가족을 위해서 메데인 카르텔을 도왔지만, 그것이 오히려 가족들을 위험에 빠뜨리게 되어 항상 후회하고 있었다.

"러시아에 도착하기 전까지 앞으로 할 일을 천천히 생각해 보십시오."

"예, 그렇게 하겠습니다. 그리고 이건 대표님이 가지고 계십시오."

바카는 자신의 호주머니에서 스위스 비밀 계좌 번호가 녹음된 카세트테이프를 꺼내어 내게 주었다.

"아닙니다, 러시아에 무사히 도착했을 때 주셔도 됩니다.

바카 씨가 가지고 계십시오."

"전 강태수 대표님을 믿고 있습니다. 아니, 믿을 수밖에 없습니다. 이걸 가지고 있으니까 제가 더 불안해져서 그렇습니다."

바카는 거부하는 나에게 재차 카세트테이프를 내밀었다.

"알겠습니다. 러시아에 도착하면 제가 운영하는 은행에서 함께 돈을 이체하도록 하지요."

"예, 저도 꼭 그러고 싶습니다."

"이제 좀 가족들과 쉬도록 하십시오. 아직 넘어야 할 산이 많으니까요."

"알겠습니다. 다시 한 번 감사드립니다."

바카가 건네준 카세트테이프를 들고서 난 함장실로 향했다.

*　　　*　　　*

"바카가 부에나벤뚜라을 떠난 것이 확실한 것 같습니다. 숨어 있을 만한 곳을 다 뒤져보았습니다."

DEA의 요원들과 콜롬비아 경찰들이 동원되어 부에나벤뚜라 지역을 샅샅이 뒤졌다.

다른 지역으로 빠져나갈 수 있는 길목들에도 DEA와 FBI

요원들을 배치해 놓은 상황이었다.

"바카의 독단적인 행동이라는 것인데……."

DEA 요원의 말에 다이슨 중령은 자신의 턱을 매만지며 말했다.

현재 메데인 카르텔의 주요 인물들 대부분은 에스코바르와 함께 메데인으로 향했다.

"바카를 돕는 인물이 있는 것 같습니다."

"음, 그렇지 않고서야 에스코바르를 배신할 용기를 내지 못했겠지……. 바카를 놓쳤던 시간부터 부에나벤뚜라 항구를 떠난 모든 배를 조사해. 놈이 배를 탔으면 독 안에 든 쥐나 마찬가지니까."

다이슨 중령의 표정은 여유로웠다. 그도 그럴 것이 콜롬비아 연안에는 미국 구축함 두 척이 내려와 있었다.

*　　　*　　　*

부에나벤뚜라을 출발한 카르텔 레스 화물선이 에콰도르 영해를 지나 칠레의 라마로 향할 때였다.

카르텔 레스 화물선 위로 헬리콥터의 불빛이 쏟아져 내리면서 검은 복장을 한 인물들이 헬기에서 가판 위로 밧줄을 타고 뛰어내렸다.

"엎드려!"

갑작스러운 상황에 당황한 선원들을 향해 자동소총을 겨누며 소리치는 특수부대 요원들의 움직임은 일사불란했다.

배를 운항하는 선교 위에도 검은 복장을 한 특수부대원들이 떨어져 내리고 있었다.

선교를 점검한 특수부대원들이 화물선을 멈추게 했다.

배를 책임진 선장은 갑작스러운 상황에 놀란 눈을 껌뻑거릴 뿐이었다.

"이들은 어디 있나?"

특수부대원들의 리더로 보이는 인물이 선장에게 사진을 내보이며 말했다.

사진 속에서는 바카와 그의 가족들이 환하게 웃고 있었다.

"누구인지 모르겠습니다."

사진 속 인물들은 처음 보는 이들이었다.

"정확히 확인해! 이 배에 선원 말고 다른 인원들이 탑승한 걸 알고 있으니까."

카르텔 레스 호는 화물 이외에 상인과 그들이 구매한 물건들을 페루와 칠레로 실어다가 주면서 용돈 벌이를 했다.

"예, 다른 인원들이 탑승한 것은 맞습니다. 하지만 이들은 아닙니다."

치— 직!

그때였다.

무전기로 음성이 들려왔다.

—여자와 아이를 발견했지만 다른 인물입니다. 바카가 이 배에 탑승하지 않은 것 같습니다.

"확실한 거야?"

—예, 다른 인물들은 전혀 보이지 않습니다. 선원들도 이들 외에는 탑승한 인물이 없다고 합니다.

"알았다."

무전을 마친 리더의 표정이 일그러졌다.

그때 성조기가 휘날리는 구축함이 카르텔 레스 호 옆으로 접근하고 있었다.

*   *   *

"카르텔 레스 호가 아니면 다른 배는 뭐가 남는 거야?"

다이슨 중령이 담배를 입에 물고 물었다.

"러시아 국적의 화물선 부레야 호와 캐나다 화물선 유씨씨엘 호입니다. 유씨씨엘 호의 목적지가 뉴욕 항이라 바카가 목적지로 삼지는 않았을 것입니다. 유씨씨엘 호가 파나마 운하에 진입할 때 조사할 예정입니다."

"부레야 호의 목적지는?"

"블라디보스토크입니다. 그리고 부레야 호는 러시아 정부의 소유입니다."

"러시아 정부 소유라……. 뭘 실은 거냐?"

"출항 기록지에는 커피 원두라고 나와 있습니다. 항구 노동자들도 커피를 실었다고 이야기했습니다."

"후! 커피라……."

다이슨 중령은 깊게 빨아들인 담배 연기를 내뿜으며 뭔가 생각하는 표정이었다.

"이전에도 부레야 호가 커피를 운송한 적이 있었나?"

"아니, 없습니다. 이번이 처음입니다."

서류를 살피면서 이야기하는 DEA 요원도 뭔가 이상하다는 눈빛이었다.

"근래 바카와 접촉했던 인물은 누가 있었지?"

"대부분 조직의 인물이었습니다. 특히 점은 산힐호텔을 두 번 정도 방문한 것밖에 없습니다. 처음은 가족들과 두 번째는 혼자서였습니다."

DEA 요원의 보고를 받은 다이슨 중령은 담배를 끄고는 잠시 눈을 감았다.

마치 흩어진 퍼즐 조각을 맞추듯 진지한 표정이었다.

"산힐호텔의 투숙객 명단을 확인해서 러시아와 연관 있

는 인물들을 선별해 봐. 지금 당장!"

다이슨 중령은 눈을 뜨자마자 빠르게 명령을 내렸다.

＊　　　＊　　　＊

부에나벤뚜라 항구를 떠난 지도 36시간이 지났지만 아무런 일이 벌어지지 않았다.

"DEA가 포기한 것 같습니다."

바카가 밝은 표정으로 말했다.

"아직은 안심하긴 이릅니다. 하루가 더 지나야만 안전지대로 들어갈 수 있습니다."

지금까지 아무런 일이 일어나지 않는 것은 미국이 미끼를 문 것으로 판단할 수 있었다.

"제 아내가 어제 아주 좋은 꿈을 꾸었습니다. 가족들 모두가 무지개가 피어난 다리를 무사히 건너는 꿈이었다고 합니다."

바카가 한결 표정이 좋아진 것은 그의 아내의 꿈도 한몫했기 때문이다.

"좋은 징조네요. 한데 바카 씨는 앞으로 어떤 일을 계획하고 계십니까?"

"글쎄요, 구체적으로 생각해 보지는 않았지만, 러시아에 머물다가 시간이 좀 지나면 스페인으로 넘어갈까 합니다. 가족들이 생활하기에는 언어가 통하는 곳이 좋을 것 같아서요."

스페인은 콜롬비아의 언어인 에스파냐어의 발생지였다.

"그것도 좋은 방법이겠네요. 러시아에 머무시는 동안 저의 도움이 필요하면 언제든지 말씀하십시오."

"예, 꼭 그러겠습니다."

바카가 러시아를 선택한 것도 모두 나 때문이었다. 러시아에서는 어느 나라보다 나로 인해 안전을 보장받을 수 있었다.

*   *   *

"부레야 호의 현재 위치는 어디야?"

"갈라파고스 제도를 지나고 있습니다."

다이슨 중령의 말에 DEA 요원이 가지고 있는 노트북을 보며 말했다.

다이슨 중령과 요원들은 헬기를 타고서 미국의 9,700ton급의 구축함 그래블리 호를 향해 날아가고 있었다.

현재 미구축함 그래블리 호는 러시아 정부 소속의 부레야 호를 쫓고 있었다.

헬리콥터는 2시간의 비행 끝에 구축함 글래블리 호에 내려설 수 있었다.

다이슨 중령은 곧장 함교로 향했다. 글래블리 호의 함장인 제임스 커크 중령이 그를 맞이했다.

"어서 오십시오."

두 사람은 1년 전 특수 작전을 같이 수행하여 안면이 있었다.

"잘 지내셨습니까?"

"예, 이번에는 러시아입니까?"

"그렇게 되었습니다. 따라잡는 데는 얼마나 걸리겠습니까?"

"3시간 정도 소요됩니다."

"그 정도면 헬기를 띄우지 않아도 되겠군요."

함교에 설치된 전자 지도에서는 부레야 호의 위치와 속도가 표시되어 있었다.

글래블리 호는 최고 속도로 부레야 호를 추격하고 있었다.

*　　　　*　　　　*

바다는 잔잔했다. 점심을 먹고 함교로 나와 바람을 쐬고 있을 때 방송이 들려왔다.

나를 선교로 급하게 불렀다.

조타실에 도착하자 블라지미르 선장이 레이다를 가리키며 말했다.

"우리에게 빠른 속도로 접근하는 배가 있습니다. 배의 속도로 보아 군함 같습니다."

선장의 말처럼 레이다에 표시된 물체는 부레야 호를 향해 움직이고 있었다.

30노트(시속 55.56㎞)의 빠른 속도로 다가오는 글래블리 호에게 따라잡힐 것은 시간문제였다.

현재 브레야 호는 17노트로 달리고 있었다.

"목적지는 얼마나 남았습니까?"

"30분 정도 가야 합니다."

"최대 속도로 달리도록 하십시오. 어떻게든 목적지에 먼저 도착해야 합니다."

"알겠습니다."

블라지미르 선장은 부레야 호의 속도를 올렸다. 부레야 호의 최고 속도는 21(38.89㎞)노트였다.

"부레야 호가 속도를 올렸습니다. 헬기를 띄울까요?"

제임스 중령이 다이슨 중령에게 물었다.

"아닙니다, 헬기를 띄워도 함상 작전을 펼칠 수 없습니다. 따라잡은 후에 멈추게 하여야 합니다."

러시아와 외교적인 마찰이 발생할 수 있어 카르텔 레스호 때처럼 무력적인 진압은 할 수 없었다.

러시아는 미국이 무시할 수 없는 나라였다.

"25분 후면 따라잡을 것입니다."

"분명히 저 배에 목표물이 있습니다."

다이슨 중령은 확신에 찬 목소리로 말했다.

그때 레이더를 지켜보던 수병의 목소리가 들려왔다.

"부레야 호가 멈췄습니다."

"피할 곳이 없다는 걸 알았나 봅니다."

제임스 중령이 미소를 지으며 말했다.

"하하하! 일이 쉽게 끝나겠습니다."

크게 웃음을 토해내는 다이슨 중령은 기쁜 표정을 감추지 않았다.

부레야 호는 무리할 정도로 내달렸다. 예상했던 것보다 5분 정도 먼저 목적지에 도착했다.

조타실에 설치된 위성 통신 장비를 통해 약속했던 통신문을 발송했다.

"왔을까요?"

티토브 정이 불안한 표정으로 내게 물었다.

"세르게이는 욕심이 많은 인물이니까요."

그때였다.

부레야 호의 옆으로 검은 물체가 서서히 부상하고 있었다.

거대한 물보라를 일으키며 올라서는 물체는 북대서양조약기구(나토)가 아쿨라(Akula)로 이름을 붙인 아쿨라II급 원자력 추진 최신예 공격용 핵잠수함인 K-157 베프리(Vepr)였다.

베프리는 멧돼지라는 뜻을 가지고 있었다.

실제로는 1994년도에 진수되어야 했지만, 미국의 핵전력에 대항하기 위해 옐친의 통치 자금을 사용하여 올 초 서둘러 완성했다.

다른 것은 몰라도 러시아의 핵전력을 유지하려는 의지의 표현이기도 했다.

지금 러시아의 최신 핵잠수함이 그 모습을 드러낸 것이다.

베프리 호는 수상에서 최고 20노트의 속도를 낼 수 있으며 잠항 시에는 35노트를 속도를 낼 수 있다.

최대 잠항심도는 600m에 이른다.

아쿨라II는 현재 미국에서 운용 중인 LA급 원자력 잠수함보다도 조용하다.

이를 위해 원자로를 포함한 모든 동력 계통을 선체와 직접 연결시키지 않는 방법을 통하여 소음 감소를 이루어냈고, 각종 최신의 정숙화 기술을 접목한 최첨단 잠수함이었다.

현재 미국은 아직 아쿨라II가 완성되었는지 모르는 상태였다.

전체 길이가 110.3m나 되는 베프리의 등장에 부레야 호의 선원들은 놀란 모습을 감추지 못하고 있었다.

"자, 서두르십시오."

"정말, 강태수 대표님의 힘이 이 정도일지는 몰랐습니다. 다시 한 번 감사드립니다."

바카는 놀란 마음을 고스란히 드러냈다. 미국 구축함인 글래블리 호가 추격한다는 것을 알았을 때 바카는 모든 걸 포기하려고 했다.

"러시아에서 다시 만납시다. 그때 나누지 못한 이야기를 하시죠."

"예, 꼭 그러겠습니다."

바카는 내가 내민 오른손을 힘 있게 잡았다. 부레야 호에서 구명정이 내려지자 바카와 가족들도 구명정에 올라타기 위해 배를 떠났다.

구명정에 연결된 밧줄을 베프리 호의 선원들이 잡아당기자 구명정은 잠수함으로 다가갔다.

핵잠수함 베프리 호의 함장인 프리고진이 간판에 나와 바카를 맞이했다.

나는 프리고진 함장의 부인에게 15만 달러를 보내주었고 그도 그 사실을 알고 있었다.

베프리 호가 비밀 훈련을 위해 남태평양까지 진출해 있지 않았었다면 이번 일은 가능하지 못했을 것이다.

"레이다가 이상이 있나?"

글래블리 호의 레이다 관측병은 순간 레이다에 표시된 부레야 호가 달라진 것 같았다.

순간이었지만 부레야 호가 두 개로 겹쳐져 보였다.

"뭔가 문제가 있나?"

부함장이 레이다 관측병의 소리를 듣고는 물었다. 하지만 다시금 레이다는 부레야 호를 정확히 가리키고 있었다.

러시아의 핵잠수함 베프리 호는 최대한 부레야 호에 접근해서 부상했다.

글래블리 호의 레이다에 관측되는 것을 막기 위해서였다. 베프리 호가 부상한 것을 아직 파악하지 못하고 있었다. 위성이나 레이다는 물속에서는 무용지물이다.

"아닙니다, 문제없습니다."

레이다 관측병이 대답이 끝났을 때 다이슨 중령의 목소리가 들려왔다.

"자! 승선을 준비하도록"

그의 목소리에는 여유가 넘쳐났다.

핵잠수함인 베프리 호가 흰 거품을 내면 바닷속으로 사라져 갈 때 글래블리 호에 실린 경비 보트가 내려지고 있었다.

글래블리 호는 러시아의 핵잠수함이 이곳까지 진출하리라는 생각을 전혀 하지 않은 까닭에 수중음파탐지기(소나)를 켜지도 않았다.

"이제 오는군."

두 대의 경비 보트에 14명의 인물이 올라타 있었고, 그중에는 다이슨 중령도 포함되어 있었다.

"우린 DEA(마약단속국)에서 나왔습니다. 이 배에 저희가 쫓고 있는 인물이 타고 있다는 정보가 입수되었습니다. 수색을 진행할 수 있도록 협조해 주시길 바랍니다. 이것은 콜롬비아 검찰에서 발부한 수색영장입니다."

다이슨 중령은 협조가 당연하다는 듯이 말하며 서류 하나를 내밀었다.

"이 배는 러시아 정부 소속입니다. 더구나 당신들이 쫓고 있다는 인물은 이 배에 없습니다. 그 서류는 이 배에 통용되지 않습니다."

나를 대신해 블라지미르 선장이 당당하게 말했다. 그는 내가 지닌 힘을 보았다.

러시아에서 크렘린이 아니라면 핵잠수함을 단독으로 움직일 수 있는 곳은 없었다.

더구나 북태평양함대 소속의 최신형 핵잠수함을 움직일 수 있는 인물은 소수에 불과했다.

"양해를 부탁합니다. 메데인 카르텔의 핵심 인물인 카를로스 바카가 이 배에 탔다는 정보는 확실한 것입니다. 이자를 잡기 위해 우리는 수년 동안 공을 들였습니다. 배를 수색할 수 있게 해주십시오."

다이슨 중령은 강압적으로 나설 수 없었다. 러시아와 외교적인 충돌을 일으킬 필요는 없었다.

더구나 그는 러시아 화물선인 부레야 호를 추격한 것을 특수전사령부에는 알리지 않았다. 그러나 CIA는 알고 있었다.

"본국의 허락 없이는 이 배를 수색할 권한이 없음을 다시 한 번 알려드리는 바입니다."

"물론 틀린 말이 아닙니다. 그러나 만에 하나! 만약 이 배가 불법적인 일에 관여한 것이 사실로 확인될 시, 다시는 부레야 호는 북중미와 남미를 오갈 수 없을 것입니다."

다이슨 중령의 말에 블라지미르 선장은 순간 당황한 기색을 엿보였다.

그도 그럴 것이 지금 배에 실린 커피 원두는 뭔가 느낌이 달랐다.

콜롬비아 대사인 미하일 글린카의 부탁으로 커피 원두를 실었지만 자루 속에 뭐가 들어 있는지는 블라지미르 선장은 모르고 있었다.

블라지미르 선장은 다이슨 중령에게 대답을 하는 대신 나를 바라보았다.

"배를 수색하는 것은 허락하겠소. 하지만 아무런 문제가 없는 상황이라면 그에 대한 책임은 당신이 져야 합니다."

나는 책임자로 보이는 다이슨 중령에게 경고하듯 말했다.

"실례지만 누구신지 말해주실 수 있겠습니까?"

낯선 동양인이 블라지미르 선장을 대신해 말하자 날 유심히 살피며 물었다.

지금 그는 바카는 물론이고 그와 연관된 인물들을 추적하고 있었다.

"이 배에 실린 물건의 주인이라고 말해두면 되겠네요."

"아! 혹시 이름이 강태수 씨입니까?"

다이슨 중령은 내 이름을 알고 있었다.

'날 조사했구나…….'

"제가 이름을 말해준 적은 없는 것 같은데요."

"하하하! 그건 중요하지 않습니다. 저희가 추적하는 인물이 강태수 씨가 머무는 곳에 자주 들락거렸다는 것이 문제였겠지요."

다이슨 중령은 나와 바카의 연관성에 관심을 두는 것 같았다.

"하하! 그게 누구인지는 모르겠지만 뭔가를 잘못 짚으신 것 같군요."

"자, 이제 제가 어떤 책임을 지면 되겠습니까?"

"정확한 지위와 이름을 말해 주시지요. 그래야 제 비즈니스를 망치려는 분에게 항의할 수 있으니까요."

"미합중국 특수전사령부의 다이슨 중령이오."

미국의 특수전사령부에 속해 있는 다이슨 중령은 CIA와도 연관된 특수한 인물이었다.

"왠지 특수전사령부와 DEA는 어울리지 않는군요."

"하하! 그것까지 말해야 합니까?"

"아닙니다. 자, 원하는 대로 수색하십시오. 단, 제 귀한 상품들은 망치지는 말아주십시오."

　부레야 호의 기관실을 비롯하여 창고와 선원들이 묵는 숙소까지 모두 뒤지기 시작했다.

　부레야 호의 선원은 선장을 비롯하여 23명이었고, 나와 티토브 정까지 포함하여 25명이 승선해 있었다.

　한국에서부터 함께한 경호원들은 한국으로 돌아갔다. 고영환 본부장은 콜롬비아 현지에서 채용한 현지 교포 출신인 이성용 대리와 함께 베네수엘라로 향했다.

　다이슨 중령의 손에는 어떻게 입수를 했는지는 모르겠지

만, 부레야 호의 설계도가 들려 있었다. 그러나 부레야 호의 설계도까지 펼쳐 가며 수색을 하는 다이슨 중령의 표정이 점점 일그러지고 있었다.

배를 수색한 지 1시간이 넘었지만 바카와 그의 가족들의 모습을 찾을 수가 없었다.

"이제 출발해야 할 시간입니다. 시간을 맞추지 못하면 상품의 질이 떨어지니까요."

이미 바카는 태평양 바닷속 깊숙이 들어간 상황이었다. 아무리 부레야 호를 이 잡듯이 뒤진다고 해도 찾을 수가 없었다.

"10분만 더 시간을 주시길 바랍니다."

다이슨 중령은 글래블리 호에서 추가로 10명을 불러들여 수색에 투입하고 있었지만, 결과는 다르지 않았다.

"좋습니다. 10분이 지나면 배를 떠나주시길 바랍니다."

'이럴 리가 없는데… 분명히 이 배에 탑승한 것이 맞아. 하지만 이놈의 여유는 뭐지?

바카의 탈출로와 목격자를 비롯한 모든 정황을 다시 한번 살펴보아도 부레야 호에 탑승한 것이 분명 맞았다.

"그렇게 하겠습니다."

다이슨 중령은 애써 초조한 기색을 내색하지 않았다.

치이익!

다이슨 중령이 낀 이어폰으로 무전이 들어왔다.

―모든 구역이 깨끗합니다. 새롭게 공간을 만든 흔적도 없습니다.

"열화상 카메라에는 잡히는 것이 없나?"

다이슨 중령은 온도에 따라 다른 색으로 표현하여 눈으로 그 온도를 볼 수 있게 한 열화상 카메라까지 동원해 바카를 찾았다.

―예, 없습니다.

"알았다."

다이슨 중령은 부하의 보고에 미간이 더욱 좁혀졌다.

'도대체 어디로 사라진 거야? 분명 이놈과 거래가 있었는데……. 아니면 러시아가 새로운 거래처…….'

"이 배에 싣고 가는 커피 원두를 살펴봐도 되겠습니까?"

다이슨 중령의 목소리는 아까와는 사뭇 달랐다.

"하하! 이젠 제 물건까지 의심하시는 것입니까?"

"그건 아닙니다. 콜롬비아를 떠나는 모든 배는 저희가 조사를 하고 있어서 그렇습니다. 서류를 살펴보니 부레야 호는 그렇지 못했더군요."

러시아 정부 소속의 부레야 호는 형식적인 절차만 거친 후에 출항했었다.

"마치 부레야 호에 코카인이라도 실린 것처럼 들리는군

요. 좋습니다, 마음대로 조사하십시오. 단 커피 원두를 훼손한 만큼 손해배상을 해주셔야겠습니다."

"알겠습니다. 그렇게 하겠습니다."

다이슨 중령은 화물선 창고에 실린 커피 원두를 조사하라고 지시했다.

주어진 10분간의 시간 동안 커피 원두가 담긴 자루를 조사했다. 하지만 무작위로 끄집어낸 10개의 커피 원두가 담긴 자루에서 나온 것은 커피 원두뿐이었다.

돈과 함께 실린 커피 원두 자루는 300개의 원두 포대를 모두 걷어낸 후에야 찾을 수 있었다.

더구나 60㎏ 무게에 달하는 700개의 커피 원두 포대를 일일이 다 조사할 수 없는 노릇이었다.

다이슨 중령은 더는 버틸 수 없었다.

'분명 뭔가 있는데……'

하지만 그 뭔가를 다이슨 중령은 찾지도 발견하지도 못했다.

"실례가 많았습니다."

다이슨 중령은 무거운 발걸음을 옮길 수밖에 없었다.

"1,500달러를 받았으니, 커피 원두를 가져가시지요."

나는 내가 한 말처럼 커피 포대에서 쏟아진 원두의 가격을 받아냈다.

1,500달러는 커피 원두를 구매했던 금액보다도 훨씬 더 많은 금액이었다.

"아닙니다, 그냥 가겠습니다. 그럼."

다이슨 중령이 뒤돌아서서 경비선에 올라타려고 할 때 내가 입을 열었다.

"다이슨 중령께서 원하시는 인물을 꼭 잡길 바라겠습니다."

다이슨 중령은 내 말에 답을 하지 않은 채 경비선에 올라탔다.

그의 얼굴은 무척이나 화가 난 듯한 모습이었다.

*   *   *

20일 뒤 바카와 나는 러시아의 블라디보스토크에서 다시 만났다.

그는 코사크에서 보내진 열 명의 경비 요원에게 경호를 받고 있었다.

"하하하! 무사히 도착하셨군요."

바카는 함박웃음을 지으며 나를 반겼다.

"잘 지내고 계셨습니까?"

바카는 나보다 하루 먼저 도착한 상태였다. 부레야 호는 어떤 경유지도 들리지 않았다.

혹시나 미국의 정보 당국이 새로운 첩보를 입수하여 배를 다시 수색할 수도 있기 때문이었다.

길고도 지루한 항해였다.

"바다 사나이가 다 되신 것 같습니다. 얼굴이 많이 타신 것 같습니다."

"예, 지루함을 달래려고 갑판에서 매일 운동을 했더니 햇빛에 많이 그을었습니다."

"하하! 그러셨군요. 대표님께 전해드릴 좋은 소식이 있습니다."

"무엇입니까?"

"에스코바르가 사살되었습니다."

"예, 정말입니까?"

전혀 예상치 못한 소식이었다.

"에스코바르의 경호 책임자인 호세가 배신한 결과입니다."

정말 놀라운 일이었다. 역사와 전혀 다른 일이 벌어진 것이다.

파블로 에스코바르는 8월이 아닌 1993년 12월 2일에 사살되었기 때문이다.

블라디보스토크에 있는 도시락 사무실에서는 모스크바

에서 날아온 김만철과 소빈뱅크의 블라디보스토크 지점장인 레오니드가 날 기다리고 있었다.

"야아! 너무 달라지셨습니다. 바다에서 좋은 것을 많이 드신 것 같습니다."

새까맣게 탄 얼굴을 보며 김만철이 날 놀리듯 말했다.

"예, 생선은 원 없이 먹었습니다. 김 차장님은 얼굴이 좀 핼쑥해지신 것 같습니다. 형수님과 매일 밤 불타오르셨나 봅니다."

"하하하! 제가 졌습니다. 아예 본전도 못 찾게 만드시네요. 일은 잘 마치셨습니까?"

김만철은 나의 말에 큰 웃음을 터뜨리며 말했다.

"예, 생각 이상으로 큰 성과를 얻었습니다. 앞으로 새롭게 중고 자동차 판매와 커피 사업을 진행할 것입니다. 그리고 앞으로 우리와 함께 일을 하게 될 카를로스 바카 씨입니다."

바카는 스페인으로 떠나기 전 당분간 나와 함께 일을 진행하기로 했다.

메데인 카르텔을 이끌었던 파블로 에스코바르가 죽었지만, 미국의 정보부와 DEA는 바카를 추적할 것이 분명했다. 미국의 추적을 피하는 데는 러시아가 제격이었다.

"반갑습니다. 바카라고 불러주십시오."

"김만철이라고 합니다."

김만철과 악수를 한 바카는 소빈뱅크의 레오니드와도 인사를 나누었다.

"현재 스위스 중앙은행의 계좌에는 아무런 변동이 없습니다. 콜롬비아 정부와 DEA가 에스코바르에게서 비밀번호를 알아내지 못한 것 같습니다."

바카는 스위스 중앙은행에 전화를 걸어 계좌에 대한 변동 상황을 확인했다.

에스코바르에게 걸린 현상금 때문인지 현장을 덮친 콜롬비아 특수부대는 생포가 아닌 사살을 선택했다.

자칫 에스코바르가 살아 있으면 보복을 당할 위험성이 있기 때문이다.

에스코바르 사살은 경호 책임자인 호세의 배신이 없었다면 꿈도 꿀 수 없었던 일이었다.

호세는 메데인에 마련된 자신의 은신처에 숨어 있던 에스코바르의 위치에 대한 정보를 제공한 후 에스코바르의 경호대를 철수시켰다.

이러한 결과는 갑작스러운 바카의 배신으로 인해 측근들까지 믿지 못하게 된 에스코바르의 폭력적인 행동이 원인이 되었다.

"우리에게는 잘된 일입니다. 여기 있는 레오니드 지점장이 소빈뱅크로의 이체를 도울 것입니다."

에스코바르가 입금한 120억 달러는 결국 나와 바카의 수중에 들어왔다. 그중 내 몫으로 결정된 60억 달러를 소빈뱅크로 입금하려는 것이다.

더욱이 블라디보스토크로 싣고 온 메데인 카르텔의 30억 달러 또한 모두 나에게 양도되었다.

바카 자신과 가족들을 무사히 러시아로 탈출시켜 준 것에 대한 고마움의 표시였다.

현재 이 금액에 대한 정보는 오로지 바카만이 알고 있었다.

콜롬비아 현지 메데인 카르텔이 운영했던 대형 금고에서도 금괴를 비롯한 귀금속과 함께 10억 달러가 발견되었다.

하지만 그것이 전부였다.

수백억 달러에 달할 것으로 여겼던 메데인 카르텔의 자금이 감쪽같이 사라진 것이다.

"솔직히 너무 큰 금액을 어떻게 사용해야 할지 모르겠습니다."

바카는 70억 달러라는 어마어마한 자금을 소유하게 되었다.

"작게나마 사업을 해보시는 것도 나쁘지 않습니다. 갑작스럽게 돈을 쓰다 보면 문제가 발생할 수도 있으니까요."

"예, 저도 돈을 함부로 쓰다가는 문제가 생길 것 같다는 생각이 듭니다. 돈을 찾기 위해 미국이나 조직에서 절 계속해서 추적할 테니까요."

바카는 내가 말하고자 하는 의미를 잘 알고 있었다.

바카가 몇백만 달러나 몇천만 달러 정도만 소유했다면 여유로운 삶을 추구하는 것이 더 쉬울 수 있었을 것이다.

하지만 지금 70억 달러라는 막대한 자금으로 마음대로 쓰다가는 아무리 러시아라도 눈에 띄기 쉬웠고, 자칫 러시아 범죄 조직의 표적이 될 수 있었다.

"제가 현재 북한 신의주 특별행정구역에……."

나는 바카에게 신의주 특별행정구역에 대하여 간략한 설명을 해주었다.

그러는 동안 스위스 중앙은행에서 60억 달러가 소빈뱅크로 이체되었다.

나 또한 93억 6천만 달러라는 막대한 여유 자금을 소유하게 되었다.

"어떤 쪽에 투자를 하면 되겠습니까?"

바카는 내 말에 흥미를 느끼는 것 같았다.

"호텔 사업을 해보십시오. 앞으로 이주할 스페인도 관광 사업이 유망하니까요. 몇 년간 호텔 사업에 매진한 다음 사업가의 신분으로서 자연스럽게 스페인으로 넘어가시는 것도 괜찮을 것 같습니다."

바카는 새로운 신분이 필요했다.

사업가로서의 변신도 나쁘지 않았다. 언제까지 수많은 경호원에 보호를 받으며 생활할 수는 없었다.

에스코바르도 수백 명의 부하와 경호원이 있었지만 결국 죽음을 맞이했다.

"그 방법이 좋을 것 같습니다. 강 대표님께서 말씀하신 대로 하겠습니다."

"그럼 저희 쪽에서 준비되는 대로 구체적인 상항을 말씀 드리겠습니다."

신의주와 제주도에 특급 호텔을 지어놓으며 그의 미래를 위해서도 나쁘지 않았다.

"이체가 모두 마무리되었습니다."

레오니드 지점장의 보고를 끝나자 우리는 저녁을 먹기 위해 식당으로 향했다.

*　　　*　　　*

이틀 후 블라디보스토크를 떠나 모스크바에 도착했다.

모스크바 소빈뱅크의 금고에 콜롬비아에서 가져온 현금 30억 달러가 입금되었고 나머지 금액들은 러시아의 각 사업체로 보내졌다.

"말씀하신 대로 모스크바에 1만 5천 평 규모의 자동차 부지를 매입했습니다."

루슬란 비서실장의 보고였다. 현재 스베르에 자리 잡은 비서실에는 2명을 더 추가해 15명이 일하고 있었다.

러시아에서 시작할 중고 자동차 사업을 위해서 5천만 달러를 들여서 땅을 매입한 것이다.

"상트페테르부르크는 어떻게 되었습니까?"

러시아 제2의 도시인 상트페테르부르크에도 중고 자동차 매매 단지를 조성할 계획이다.

"협상 중입니다. 한데 갑작스럽게 협상 가격보다 세 배나 올린 가격을 요구하고 있어서, 다른 부지도 알아보고 있습니다."

사들이려고 한 중고 자동차 부지는 상트페테르부르크에서 가장 좋은 위치에 자리를 잡고 있었다.

"가격을 세 배로 올렸다고요?"

"예, 가격 협상이 마무리되어 계약서를 작성하려고 할 때 요구 조건이 갑자기 달라졌습니다."

"우리가 사려고 하는 땅을 노리는 회사가 있었습니까?"

"없었습니다. 저희가 제시한 금액도 현지에서 거래되는 시세보다 10%를 더 올려준 가격이었습니다. 여러모로 나쁘지 않은 조건이었습니다."

"음, 갑작스럽게 세 배를 요구한다……. 알겠습니다. 협상은 계속 진행하십시오. 갑작스럽게 금액을 변동한 이유는 제가 알아보겠습니다."

느낌상 제삼자가 끼어든 것이 분명했다.

"예, 지시하신 대로 진행하겠습니다."

루슬란 비서실장이 고개를 숙이고 나가자 나는 전화기를 들었다.

"상트페테르부르크의 자동차 부지 매입과 연관된 인물들을 조사해 보세요."

코사크의 정보 팀에 지시를 내렸다. 러시아에서 사업을 하기 위해서는 어떤 것보다도 정보가 중요했다.

*　　　*　　　*

상트페테르부르크에서 두각을 나타내고 있는 마피아 조직인 코메르와 극동 지역에서 큰 힘을 발휘하는 리리오노프 형제의 핵심 인물이 회동하고 있었다.

코메르는 150명의 조직원을 이끌고 있었다.

"정보를 주셔서 고맙습니다. 덕분에 꽤 짭짤한 수입을 얻을 것 같습니다."

코메르의 이인자인 다닐라는 리리오노프 형제를 이끄는 블라지미르의 오른팔인 게오르기에 감사를 표했다.

"하하하! 아닙니다. 서로 도와야지요. 저희도 중고차를 판매하려고 준비하고 있습니다. 상트페테르부르크의 진출에 협조를 부탁하겠습니다."

리리오노프 조직에서도 중고차 시장에 눈독을 들이고 있었다. 리리오노프에서 세운 회사에서는 일본과 한국에서 중고차를 매입하고 있었다.

'절대로 있을 수 없는 일이지……'

"하하하! 보스께 잘 말씀드리겠습니다. 그리고 땅 거래가 잘되면 인사치례는 하겠습니다."

리리오노프의 상트페테르부르크 진출을 코메르를 비롯한 현지 조직들은 절대로 허락하지 않았다.

현재 리리오노프는 모스크바 진출을 노리다가 상트페테르부르크로 방향을 바꾸었다.

샤샤가 이끄는 말르노프의 힘이 나날이 커지고 있기 때문이었다.

"하하! 그러면 저희야 좋지요."

웃으면서 말하는 다닐라를 바라보는 게오르기의 눈은 웃지 않았다.

'후후! 어리석은 놈. 표도르 강이 벌어는 사업이란 걸 꿈

에도 모르고 있군.'

표도르 강은 강태수를 가리키는 말이었다.

게오르기는 상트페테르부르크 44,000㎡(13,310평)의 부지를 사려고 하는 사업체가 있다는 정보를 코메르에게 넘겨주었다.

러시아의 다른 마피아들처럼 코메르도 돈 냄새를 맡자마자 땅 주인을 협박해 거래의 주체를 코메르로 바꿔 버렸다.

한마디로 코메르가 땅 거래의 대리인으로 나선 것이다.

상트페테르부르크의 진출을 노리는 리리오노프는 표도르 강과 코메르의 충돌을 일으켜 어부지리를 얻으려고 했다.

*　　　*　　　*

모스크바의 밤을 지배하는 6대 그룹의 마피아 조직은 다시금 4대 그룹으로 정리되었다.

그 선봉에는 샤샤가 이끄는 말르노프가 있었다.

더구나 보스가 암살된 2개 그룹의 조직원들을 대부분 말르노프 조직이 흡수했다.

명실상부 말르노프가 모스크바의 마피아를 대표하는 조직으로 부상한 것이다.

협력 관계에 있는 3개의 다른 모스크바의 마피아 그룹들을 합한다 해도 말르노프에 비등하거나 밀리는 형국이었다.

더구나 말르노프을 이끄는 샤샤는 3개 그룹의 조직이 하나로 뭉치는 것을 교묘하게 방해하고 있었다.

"2대 그룹의 조직원들을 대부분 흡수했습니다. 샤샤가 생각한 것보다 빠르게 성장하고 있습니다."

코사크의 정보부를 책임지고 있는 보리스 실장의 보고였다.

샤샤는 사전에 나에게 모스크바 6대 그룹에 대한 개편에 대해 허락을 구했다.

어느 정도의 희생자가 나올 수도 있는 상황이었지만 샤샤가 계획했던 대로 2개 그룹의 보스를 조직 내부의 인물이 암살하게 유도했고 암살은 모두 성공했다.

그리고 조직을 흡수하는 과정에서 조직을 배신한 암살자를 샤샤는 비밀리에 처단해 버렸다.

"음, 샤샤의 행보를 계속 지켜보도록 하세요. 상트페테르부르크 땅 구매 건은 어떻게 되었습니까?"

"예, 알겠습니다. 상트페테르부르크의 땅 구매에 관련된 자들은 예상한 대로 코메르 조직에 속한 마피아들이었습니다. 코메르는……"

보리스 실장은 조사한 내용과 코메르에 대한 정보를 이야기했다.

"대리인으로 나서서 돈을 거저 가져가겠다는 심보네."

이야기를 함께 듣고 있던 김만철의 말처럼 코메르는 다 된 밥에 숟가락을 얹어 거저먹겠다는 이야기였다.

"땅 주인은 만나봤습니까?"

"예, 땅 주인은 코메르의 위협만 아니라면 기존 계약대로 계약하길 원했습니다."

"코사크의 예비 인력은 어느 정도나 됩니까?"

코사크는 계속해서 확장하고 있었지만, 모스크바에서 활동하는 대원들은 물론이고 사하공화국 그리고 신의주 특별 행정구에 파견된 코사크 대원들이 많았다.

새롭게 상트페테르부르크에 파견할 코사크 대원들이 부족할 수 있었다.

"현재 가용할 수 인원은 25명이 최대입니다."

"25명이라……."

너무 적었다. 적어도 50명은 되어야만 위험에 대비할 수 있었다.

이제는 상트페테르부르크에 진출할 시기였다.

중고 자동차 사업뿐만 아니라 도시락 공장이 완공되면 식품 사업과 판매점들도 진출해야만 했다. 또한 코사크의 경비 사업도 말이다.

"코사크 타격대 3팀의 구성은 언제 이루어집니까?"

코사크 전투력의 핵심인 타격대는 현재 신의주 특별행정구와 모스크바에 각각 1개 팀이 주둔하고 있었다.

"신규 인원들의 훈련은 다음 달 중순에 끝날 예정입니다."

코사크의 훈련을 책임지고 있는 일린이 대답했다. 코사크 타격대의 핵심은 팀워크였다.

어떠한 돌발 상황에서도 동료를 믿고 전투에 임할 수 있게끔 훈련을 진행한다.

타격대에 선발된 인원들 모두가 특수부대를 거친 인물이었다.

"시간이 부족하군."

모든 것을 무력으로 해결할 수는 없지만, 러시아에서 힘을 보여주지 않으면 사업을 진행하기가 힘들었다.

러시아에서는 누군가에게 의지하지 않고 모든 일을 알아서 해결하고 처리해야만 그 힘이 유지될 수 있었다.

또한 러시아 정부에 협조를 구하는 것은 최소한으로 해야만 했다. 자칫 그로 인해 얻어지는 현재의 이익보다도 더 큰 대가를 지급해야만 하는 경우도 생길 수 있기 때문이다.

다이슨 중령은 파블로 에스코바르의 시체를 바라보고 있

었다.

콜롬비아는 물론이고 미국과 전 세계에서 마약왕이라는 칭호를 들을 만큼 막대한 영향력과 돈을 벌어들인 인물의 죽음치고는 너무나 초라했다.

미국의 CIA는 쿠바에서 퍼져 나간 좌파 세력의 준동을 막기 위해 에스코바르를 전략적으로 활용하며 그의 활동을 돕거나 방관했었다.

하지만 미국 내 마약 중독자가 생각 이상으로 넘쳐나고 그에 따른 부작용이 심각해지자 에스코바르를 제거하기로 마음먹은 것이다.

"2년간의 작전을 허망하게 만들어 버렸군."

다이슨 중령은 자조 섞인 말투에도 죽은 자는 말이 없었다.

"바카와 가족들은 콜롬비아를 벗어난 것 같습니다."

다이슨 중령 뒤에 서 있는 인물의 말이었다.

"어떻게 그럴 수 있지?"

DEA(마약단속국)는 물론이고, FBI와 CIA까지 나서서 바카의 행방을 쫓았다.

콜롬비아 현지 경찰도 바카를 찾고 있었지만, 그의 모습은 어디에서도 볼 수 없었다.

"혹시, 에스코바르가 먼저 바카를 죽이고 매장한 게 아닐까요?"

"바카는 그럴 수 있어도 가족들은 어떻게 설명할 거냐? 더구나 바카를 죽일 상황도 아니었잖아."

다이슨 중령의 말처럼 DEA의 감시하에 있었던 바카의 가족들까지 죽여서 감쪽같이 매장할 수는 없었다.

더구나 메데인 카르텔을 조직원들도 에스코바르와 바카의 관계는 원만했다고 증언했다.

오히려 경호 책임자인 호세와의 관계가 틀어졌다는 증언이 나왔다.

"그럼 강태수를 의심하시는 것입니까?"

"아무리 생각해 봐도 빠져나갈 구멍이 없었어. 모든 정황도 그렇고……."

"부레야 호에는 아무것도 없지 않았습니까? 더구나 그는 상당한 사업체를 거느린 기업가로 밝혀졌습니다. 메데인 카르텔과 연관되어 이익을 가져갈 만한 것이 없었습니다."

"그래. 마약 거래는 위험하고, 그놈에게는 이익이 없지. 하지만 말이야, 메데인 카르텔의 자금을 관리하던 바카가 놈에게 구미가 당기는 제의를 했다면 어떨까?"

다이슨 중령의 강태수에 대한 의심을 버리지 못하고 있었다.

"제 생각은 너무 지나친 비약인 것 같습니다. 스위스 비밀 계좌에 관련된 상황은 에스코바르가 직접 챙겼다는 증언이 있었습니다. 그게 사실이라면 자금을 담당했던 바카도 알 수 없었다는 말이 됩니다."

콜롬비아 경찰과 DEA에 체포된 조직원들의 증언을 종합해서 나온 결론이었다.

"그렇다고 해도 바카의 실종은 말이 안 되는 일이야. 강태수와 바카는 분명히 만났어……."

다이슨 중령은 메데인 카르텔의 자금을 포기할 수 없었다. 그 자금이 있어야만 중남미에서의 다음 작전을 무리 없이 진행할 수 있었다.

Chapter 3

모스크바의 노브이 아르바트 거리에서 얼마 떨어지지 않은 곳에, 이번 달부터 공사가 시작된 미르(평화)타운 공사장을 찾았다.

34,000㎡(10,285평)의 넓이에 들어서게 될 미르타운은 러시아에서 운영하는 회사의 직원들 중 핵심 인물이 거주하게 될 보금자리였다.

9천5백만 달러의 공사비가 들어가는 미르타운에는 수영장과 헬스장은 물론 숲속을 연상시키는 공원까지 들어선다.

총 13개 동 175세대가 들어서는 미르타운의 공사가 계획보다 빠르게 진행할 수 있었던 것은 메데인 카르텔의 자금 덕분이었다.

공사의 진행은 닉스E&C가 담당했고, 세대별로 다양한 평수로 건설된다.

각 회사의 지위와 중요도에 따라서 넓은 평수와 자신이 원하는 층을 우선적으로 선택할 수 있었다.

내부 시설들도 러시아에서는 볼 수 없을 정도의 고급스러운 인테리어로 꾸며진다.

"대표님께서 말씀하신 대로 모든 게 이루어지자 직원들의 사기와 기대가 보통이 아닙니다."

룩오일의 예고르 이사의 말이었다. 나는 미르타운 공사 현장에 각 회사의 임원들과 함께 방문했다.

그들에게 앞으로 자신들이 살아갈 곳을 보여주고 싶었다.

핵심 인물들 외에도 각 회사에서 일하는 직원들에게는 주택을 얻을 수 있게끔 회사별로 무이자 대출을 해주고 있었다.

직원들뿐만 아니라 가족들에게도 교육과 의료는 물론 기본 생활에 꼭 필요한 것들을 제공해 주자 러시아뿐만 아니라 동유럽에서도 훌륭한 인재들이 룩오일, 소빈뱅크, 세레

브로제련, 알로사, 코사크 등에 대거 지원하기 시작했다.

"앞으로 더 큰 기대를 하셔도 좋습니다. 그리고 늦어도 올해 말까지 각 회사의 대표를 선임할 것입니다."

내 말에 한자리에 모인 회사별 임원들의 눈동자가 반짝였다.

현재까지는 각 회사의 대표를 두지 않고 있었다.

"하하! 저희를 더욱 분발하게 하시는 능력이 탁월하십니다."

알로사의 로만 이사가 웃으면서 말했다.

"하하하! 맞습니다. 언제나 대표님께서 최고를 지향하시고 몸소 실천하시니까, 저희도 따라갈 수밖에 없게 됩니다."

그의 말에 각 회사의 임원들도 기분 좋게 따라 웃었다.

25명에 이르는 회사별 임원들은 나의 탁월한 경영 능력을 높이 평가하고 인정했다.

다른 회사의 절반도 안 되는 임원들로도 러시아에서 분야별로 가장 뛰어난 회사들로 탈바꿈하게 만든 능력을 누구도 부인할 수 없었다.

"모두 여러분이 있었기 때문에 가능할 수 있었습니다. 3년 후, 이 멋진 공간에서 여러분의 가족들과 행복한 생활을 하실 수 있을 것입니다. 그리고 여러분뿐만 아니라 더 많은 사람이 이곳에서 생활할 수 있게 만드셔야 하는 책임이 여러분에게 있다는 걸 명심하시길 바랍니다."

나의 말에 25명의 임원은 누구라고 할 것 없이 큰 박수를 보냈다.

미르타운 옆으로는 회사의 자녀들을 교육할 국제학교를 세울 예정이었다.

또한 공사에 들어간 소빈 메디컬센터와 연계한 첨단의료 시스템과 최고의 의료서비스를 받을 수 있었다.

한마디로 나와 함께한다는 것은 러시아에서 최고의 삶을 누릴 수 있다는 말이었다.

이렇다 보니 각 회사의 임원들 모두가 나를 존경했고, 의심 없이 지시하는 일을 하며 믿고 따랐다.

말라노프를 이끌고 있는 샤샤조차 자신의 가족을 미르타운에 입주할 수 있게 해달라는 부탁을 할 정도였다.

미르타운에는 앞으로 코사크의 대원들이 24시간 상주해 경비를 할 것이기 때문에 모스크바의 어느 곳보다도 안전을 보장받을 수 있었다.

미르타운 안에는 내가 머물 숙소도 있었다.

*　　　*　　　*

상트페테르부르크의 땅 문제는 서두르지 않았다.

일의 진행은 코사크의 타격대 3팀과 인력 보강이 이루지는 다음 달에 맞추기로 했다.

먼저 중고 자동차 사업과 관련된 인허가 문제들을 진행했다. 밀턴 프리드먼가 제안한 중고 자동차 사업은 자본주의로 첫걸음을 내딛고 있는 러시아에 잘 어울리는 사업이었다.

러시아에도 발 빠른 인물들이 중고 자동차를 들여와 판매하고는 있었지만 다들 소규모의 형태였다.

나는 밀턴이 제한했던 월 2천 대가 아닌 월 3천 대로 늘릴 계획이었다.

내년부터는 월 5천 대의 중고차를 들여와 러시아 전역에 공급할 생각이다. 그러기 위해서는 러시아의 각 주요 도시마다 중고 자동차 판매 단지를 조성해야만 했다.

노보시비르스크, 니즈니노브고로드, 예카테린부르크, 사마라 등 인구 100만 명이 넘어서는 도시는 모두 포함할 예정이었다. 이 도시들은 기차를 통해 자동차를 쉽게 운송할 수 있었다.

"현지 마피아와 연관된 중고차 매매상들이 있는 도시는 옴스크, 카잔, 우파 등이 대표적입니다. 이들 도시로의 진출에는 마찰이 생길 것 같습니다."

비서실장인 루슬란의 보고였다.

"음, 그에 대한 대비도 필요하겠군. 인허가 문제는 어떻게 되었습니까?"

"모스크바시와 진출 예정 지역의 지방 정부에서 모두 판매 허가가 나왔습니다."

인허가 문제가 일주일밖에 걸리지 않았다.

노골적인 뇌물 요구와 느리기로 정평이 나 있는 러시아 정부 기관에서 내가 진행하는 사업은 무조건 1순위로 처리한다.

한마디로 러시아에서 불가능한 일을 해내고 있다고 말할 수 있었다.

"매매 단지가 들어설 땅의 구매는 이번 달에 끝낼 수 있습니까?"

"예, 상트페테르부르크 외에는 모두 순조롭게 진행하고 있습니다."

"좋습니다. 신의주 특별행정구가 특별한 위험 요소가 없는 만큼 타격대를 불러들이도록 하세요. 불러들인 2팀과 새롭게 만들어진 3팀을 상트페테르부르크에 투입해 코메르를 조기에 처리하도록 하겠습니다."

본보기가 필요했다. 향후 다른 지역에서도 이러한 일이 벌어지지 않도록 말이다.

"예, 알겠습니다."

회의에 참석한 일린이 대답했다.

"코사크의 인원 충원은 어떻게 되었습니까?"

"서류와 실기 면접을 거친 합격자가 65명입니다. 현재 훈련 중인 37명과 예비 인원 28명을 포함하면 상트페테르부르크로의 진출에는 문제가 없을 것 같습니다."

"인력 충원은 계속해서 진행하십시오. 이제부터 본격적으로 코사크의 확장을 진행할 것입니다. 그와 관련된 업무에 차질이 없도록 하십시오."

"예, 준비하겠습니다."

코사크에서 인원과 훈련을 담당하는 일린이 힘 있게 대답했다.

"코메르와 연계된 조직과 정치인은 모두 조사되었습니까?"

"예, 우선 화면을 봐주십시오. 코메르는 상트페테르부르크 국회 부의장인 로마노프……."

코메르의 뒤를 봐주고 있는 정치인과 관리들의 명단이 확보되었다.

코메르에게 뇌물을 받고 불법적인 일들을 묵인해 준 증거들에 대한 조사도 마친 상태였다.

작전이 진행되면 언론사와 러시아 중앙정부에 관련 자료

를 제공할 계획이었다.

"코메르에 협조하는 조직들은 두 개 조직으로 둘 다 40~ 50명 정도의 인원으로 이루어진 중소규모의 조직입니다. 코메르와 전투가 벌어질 시 큰 위협적인 요소는 없을 것으로 예상하고 있습니다. 코메르 이끄는 구세프 야콥은 올해 50세로……."

코사크 정보 팀을 이끄는 보리스 실장은 관련된 자료들을 빔 프로젝터를 통해 보이는 사진들과 자료를 가리키며 말했다.

코사크 정보 팀은 45명의 인원으로 증원되었으며 올해 안에 60명으로 늘어날 예정이다.

이미 코메르의 주요 인물들의 거주지와 활동 범위가 파악된 상태였다.

작전이 시작되면 코메르는 곧바로 무너질 것이다. 더욱이 상트페테르부르크에서 코메르를 대신할 조직도 정해놓았다.

코메르는 작은 조직이 아니었다. 코메르가 무너지면 그 틈을 노려 상트페테르부르크의 이권과 관련된 조직 간에 전쟁이 일어날 수 있었다.

나는 마피아 간의 전쟁은 원치 않았다. 전쟁으로 인한 혼란은 그 지역에 사는 주민들이 고스란히 떠안는 일이었다.

코메르를 대체하면서 내 의지대로 움직일 조직이 상트페테르부르크에도 필요했다.

샤샤가 이끄는 말르노프는 필요 이상으로 커질 필요성은 없었기에 상트페테르부르크의 진출을 허락하지 않았다.

*　　　*　　　*

올해 38살이 된 카즈로브 안은 고려인 3세였다.

그는 상트페테르부르크에서 32명의 조직원을 이끌고 있는 인물이었다.

조직원의 절반 이상이 고려인으로 되어 있으며 조직의 이름도 아리랑이었다.

처음의 시작은 마피아와 러시아인들의 박해와 불합리에 대항하기 위해 고려인 3~4세의 젊은이들이 자치 조직으로 만든 것이 시초였다.

하지만 지금은 러시아의 마피아 조직처럼 돈과 이권을 좇았다.

한 가지 다른 점은 절대 고려인은 건들지 않는다는 것이다.

"상트페테르부르크를 접수하라는 말씀이십니까?"

"그렇소."

"후후! 이곳에 마피아의 조직이 30여 개가 넘습니다. 아니, 그보다 더 많을 수도 있겠네요. 하루가 다르게 새로운 조직이 만들어지니까."

티토브 정의 말에 카즈로브 안은 어이가 없다는 표정으로 웃었다.

"코메르 조직이 와해할 것이오. 코메르의 인원을 흡수해 조직을 키우시오."

"지금 나와 장난하자는 말입니까? 코메르는 이곳에서 가장 큰 세력입니다. 더구나 협력 관계에 있는 조직과 합하면 인원이 250명이 넘어서는데, 고작 32명으로 조직을 흡수하라고요. 하하하! 지나가는 개가 웃겠소이다. 말도 안 되는 소리는 그만하고, 바쁘니까 돌아가시오."

카즈로브 안은 귀찮다는 듯이 나가라는 손짓을 했다. 티토브 정이 고려인이 아니었다면 만나지도 않았을 것이다.

"내 보스인 표도르 강이 당신을 선택했소."

티토브 정의 입에서 표도르 강이라는 이름이 나오자 카즈로브 안의 표정이 심각하게 바뀌는 것이 확연히 눈에 들어왔다.

*　　　*　　　*

코뷔트킨스크에서는 가스 채굴 작업을 위한 시설 작업이 한창이었다.

이젠 본격적으로 코뷔트킨스크에서 가스를 채굴하여 중국과 신의주에 공급할 예정이다.

모두 3단계로 이루어지는 천연가스 송유관 공사는 이르쿠츠크에서 바이칼 호수를 우회하여 부라트까지 이어지는 1단계와 중국의 후룬베이얼과 바이청를 거쳐 선양에서 단둥까지 연결되는 2단계, 그리고 선양시에서 신의주, 그리고 신의주에서 평양을 지나 서울 그리고 부산으로 이어지는 3단계로 이루어질 것이다.

코뷔트킨스크에서 우선적으로 가스 채굴이 먼저 이루어지고 원유 채굴은 송유관 공사가 어느 정도 진행되는 시점에서 들어갈 예정이다.

러시아에서의 송유관 건설은 전적으로 룩오일이 부담하며 모든 지분과 권리를 가진다.

이르쿠츠크주에서는 코뷔트킨스크 가스전과 연결되는 도로 개설을 지원해 주었고, 러시아 중앙 정부에서는 자금 부족으로 인해 룩오일에서 대한 세금 감면을 통해 우회적으로 지원했다.

1단계인 코뷔트킨스크에서 이르쿠츠크를 거쳐 부랴트로 이어지는 2,450㎞ 구간의 공사는 75억 달러가 소요될 예정이며 공사 기간은 3년이었다.

75억 달러의 막대한 공사비는 모두 메데인 카르텔의 자금으로 이루어진다.

이 자금이 없었다면 이른 시일 안에 가스 송유관 공사가 이루어지지 않았을 것이다.

중국 구간은 중국석유천연가스집단공사(CNPC)가 담당하며 공사비의 60%를 CNPC에서 담당하고, 나머지 40%는 룩오일이 맡기로 했다.

중국 지역의 가스 송유관의 지분은 50%씩 나누어 가지기로 합의했다.

2단계는 2,300㎞에 달하며 이번 달 가스 송유관이 지나는 지역 탐사와 현지 조사가 모두 끝나는 대로 공사가 곧바로 진행된다.

62억 달러가 들어가는 공사였고, 북한과 합작으로 세워진 신의주특별공사를 통하여 북한의 건설 인력들이 대거 투입된다. 1단계 공사에도 북한 건설 인력들이 동원될 예정이다.

신의주에서 부산으로 이어지는 3단계 공사는 가스 송유관이 지나는 지역의 현지 조사가 모두 끝나는 내년 중반기에 진행할 예정이다.

852㎞에 달하는 이 구간의 공사는 북한과 한국의 정부에

서 각각 25%의 공사비를 내며 나머지 50%는 룩오일이 담당한다.

공사비는 26억 달러를 예상하며 건설사는 닉스E&C와 대우건설, 현대건설이 참여하며 2년간 공사한다.

닉스E&C는 1, 2, 3단계 건설 구간의 모든 공사에 참여한다.

또한 부산에 15억 달러 규모의 LNG 저장소와 인천에 2천 4백만 배럴 규모의 석유 저장소도 계획 중이었다.

이는 중국과 일본에 에너지 수출을 염두에 둔 구상이었다.

"가스 송유관 건설에는 기타 비용을 포함하여 총 120억 달러가 소요될 것으로 예상합니다."

룩오일의 니콜라이 이사의 말이었다.

현재 룩오일은 송유관 건설과 관련된 부서에 추가로 20명이 증원되어 55명의 인원이 전적으로 담당하고 있었다.

"향후 이익은 어떻습니까?"

"예, 파이프라인이 완공된 후 중국과 남북한에 공급되는 천연가스와 원유량을 추정했을 때 해마다 20억 달러의 이익이 발생할 것으로 예측됩니다. 현재 원유 도입 단가인 17.5달러 선으로 계산된 것입니다."

한국은 에너지 수입 국가 중 세계 6위에 오를 만큼 막대한 양을 수입하고 있었다.

가스 송유관이 완성되는 1996년 한국은 167억 8천만 달러의 원유와 액화천연가스(LNG) 등 에너지를 수입했다.

현재 룩오일은 올 상반기에만 4억 달러의 이익이 발생했다. 구조조정 비용과 원유 탐사에 들어간 비용을 제하고서도 말이다.

올해는 무난히 12억 달러의 이익이 발생할 것으로 예상하고 있었다.

"원유 가격의 변동은 어떻게 예측됩니까?"

"예, 지속해서 상승할 것으로 보고 있습니다. 파이프라인이 완공되는 1996년 하반기에는 원유 가격이 20달러 선으로 예상됩니다."

니콜라이의 말처럼 원유 가격과 천연가스의 가격은 해마다 상승하고 있었다.

중국 경제가 앞으로 20년간 고도 성장을 지속하기 때문에 에너지 수요는 지속적으로 늘어날 예정이다.

2008년에는 원유 가격이 배럴당 140달러를 넘어서기도 했고, 2014년에 다시 배럴당 100달러에 도달했었다.

한국이 러시아의 송유관으로부터 원유와 천연가스를 도입하게 된다면 원유 도입선을 다변화할 뿐만 아니라 중동산 원유를 구매할 때 추가로 부담하는 아시안 프리미엄(Asian Premium)을 해소할 수 있었다.

현재 한국은 물론 중국과 일본도 배럴(barre)당 1달러에서 최고 3.5달러의 아시안 프리미엄이 붙는다.

중동의 산유국들은 아시아에 미국이나 유럽보다 배럴당 1~1.5달러 비싼 가격에 원유를 팔아왔다.

아시아는 중동을 제외하고는 석유를 대신해서 공급해 줄 만한 국가가 절대 부족할 뿐만 아니라 아시아의 중동에 대한 석유 의존도가 갈수록 높아지고 있기 때문이다.

아시안 프리미엄이 존재한 이유는 석유 시장의 구조적인 요인 때문이다.

전 세계 석유 시장은 크게 서구 시장과 아시아 시장으로 나뉜다. 서구 시장에서는 원유를 생산하는 역내 원유 회사들이 다수 존재하고 있으며, 중동은 이들과 힘겨운 시장 점유율 다툼을 벌여야 했다.

따라서 서구에 대한 디스카운트(Western discount)가 생겨났고, 이를 만회하기 위한 아시안 프리미엄은 불가피했다.

유럽에는 런던의 브렌트 유가 있고, 북미에는 서부 텍사스 유(WTI)가 있다.

이들은 각각 선물 시장에서 상황에 따라 적절한 가격이 결정된다.

브렌트 유와 WTI는 해당 지역의 유가 결정에 막대한 영향을 끼칠 뿐 아니라 중동에까지 영향력을 미쳤다. 그러나 아시아에는 이와 같은 유가를 결정하는 도구가 존재하지 않는다.

이 점은 아시아가 중동에 독자적으로 원유 수입 단가를 요구하지 못하게 하는 결정적인 약점으로 작용하고 있었다.

이것이 없어진다면 한국은 연간 중동산 원유 수입량 약 7억 배럴 기준으로 볼 때, 연간 7억 달러~15억 달러의 수입 비용 절감 효과가 발생하게 된다.

"좋습니다. 코뷔트킨스크 천연가스 생산에 문제가 없도록 진행하십시오. 인력 충원은 계획안대로 진행하십시오."

룩오일은 이제 구조조정에 따른 인원 감축이 아닌 시설 투자에 따른 신규 인력을 채용할 단계였다.

코뷔트킨스크에서 천연가스가 생산되면 가스 송유관이 완성되기 전까지는 천연가스와 원유를 기차로 코즈미노 항까지 운송하여 수출할 예정이다.

"예, 감사합니다. 차질 없이 진행하겠습니다."

니콜라이 이사의 보고가 끝나자마자 나는 곧장 보리스 옐친 대통령과의 만남을 위해 크렘린 궁으로 향했다.

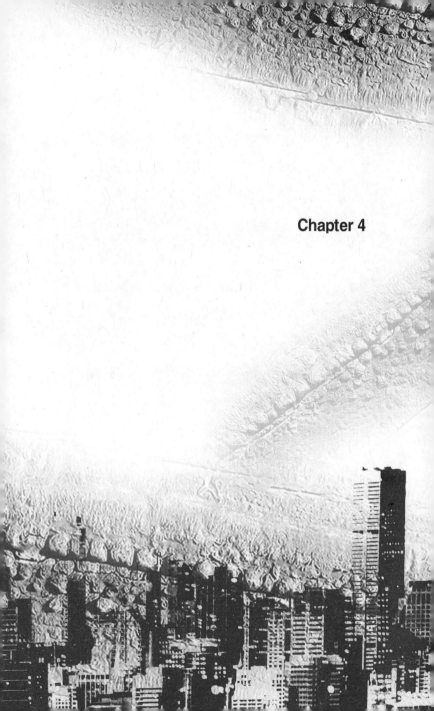

Chapter 4

요즘 러시아의 정국은 혼미 상태였다.

보리스 옐친 대통령은 러시아 보수파들이 장악한 러시아 최고회의(상설의회)와 올해 초부터 사사건건 충돌을 빚고 있었다.

3월에는 최고회의에서 옐친 대통령에 대한 탄핵 소추가 압도적인 표 차이로 통과되어 추진했었다.

그러나 옐친은 미국을 비롯한 주변국들의 지지와 국민투표를 통해서 간신히 위기를 벗어났다.

하지만 그 이후부터 옐친 대통령의 최대 정적인 루슬린

하스불라토프 최고회의 의장과 발레조르킨 러시아 헌법재판소장이 연일 강도 높게 옐친을 비판하며 그의 하야를 요구했다.

정치권이 혼란스러워지자 조금씩 나아져 가던 경제 상황도 급속하게 얼어붙었다.

이 같은 상황에서 룩오일의 대규모 투자가 이루어지자 옐친 대통령은 자신이 직접 이 같은 상황을 발표하기를 원했다.

러시아 국민들에게 경제가 잘 돌아가고 있다는 것을 전하기 위해서였다.

또한 경제 실패를 구실로 삼아 자신의 공격하는 정적들에게 한 방 먹이고 싶은 것도 있었다.

"하하하! 어서 오십시오."

반갑게 날 맞이하는 옐친 대통령의 얼굴은 웃고 있었지만 피곤함은 감추지 못했다.

"그동안 잘 지내셨습니까?"

"잘 지내고 싶어도 날 가만두지 못하는 놈들이 최고회의에서 늘 작당을 하고 있어 편치 못합니다."

옐친은 불편한 기색을 숨기지 않았다.

"제가 괜한 말을 했나 봅니다."

"하하하! 아닙니다, 난 강태수 대표만 보면 기분이 좋아

져요. 강 대표와 같은 분이 몇 명만 더 있어도 러시아가 확연히 달라졌을 것입니다."

옐친은 날 무척이나 신뢰하고 좋아했다. 그도 그럴 것이 내가 러시아에서 운영하는 회사들 모두 평판이 좋았고, 러시아 경제에도 큰 힘을 보태고 있었다.

더구나 옐친의 통치 자금을 찾아주고 또한 늘려주기까지 했다.

"그건 너무 큰 욕심이십니다."

"하하하! 그런가요. 내가 강 대표를 만나야 이렇게 웃을 수 있습니다. 요새는 통 웃질 못했습니다."

옐친은 내 대답에 크게 웃으면서 말했다. 그의 앞에서도 서슴없이 농담할 정도로 우리 두 사람의 관계는 무척이나 좋았다.

"이럴 때일수록 건강을 챙기셔야 합니다. 제가 한국에서 가져온 홍삼입니다. 피로와 원기회복에 탁월한 효능이 있습니다."

내가 손짓하자 함께 온 비서실의 직원이 홍삼이 담긴 상자를 가져와 대통령 경호원에게 건넸다.

"감사합니다. 날 생각해 주는 건 강 대표밖에 없다는 걸 새삼 느끼게 됩니다."

옐친은 내 손을 잡으며 말했다.

"아닙니다, 러시아 국민의 지지를 한 몸에 받고 계시는데요. 이럴 때일수록 더 힘을 내서야 합니다. 저 또한 항상 옐친 대통령님을 지지하고 있습니다."

"하하하! 내가 이래서 강 대표를 좋아하지 않을 수가 없습니다. 그걸 또 직접 행동으로 보여주셨으니까요."

그의 말처럼 나는 그를 구하기 위해 총을 들고 싸웠었다. 옐친은 늘 그 점에 대해 고마워하고 높이 샀다.

그도 그럴 것이 러시아 국민도 아닌 외국인이 자신의 목숨도 위태로울 상황에서 행동으로 나선다는 것은 아무나 할 수 있는 것이 아니었다.

옐친과 나는 신상에 관한 이야기를 나눈 후 구체적인 경제 동향과 룩오일에 관해 이야기를 나누었다.

옐친 대통령은 러시아와 정부의 주도하에 룩오일이 대규모의 투자를 하는 모양새를 원했고, 나는 그가 원하는 대로 해주었다.

대신 러시아 중앙정부에서 지원이 이루어지지 않는 차원에 대한 보상으로 러시아 국영 기업 중 하나인 유코스(Yukos)의 인수를 제안했다.

유코스는 정유 회사와 러시아에서 가장 큰 주유소 체인망을 가지고 있는 알짜배기 회사였다.

이전부터 유코스를 노리고 있었지만 연속해서 룩오일과

노바테크 그리고 알로사를 내가 가져가자 특혜 시비가 나왔었다.

하지만 지금 나에 대한 여론은 호의적이었고 인수한 기업들 모두가 흑자를 기록하고 있었다.

이제는 정치권과 언론의 반발이 상당히 누그러진 상황이었다.

룩오일과 노바테크에서 생산된 원유를 러시아 내에서 정제해 곧바로 시장에 공급하면 여러모로 큰 이익이었다.

새롭게 정유 공장을 짓고 주유소를 확충하는 데는 돈보다는 시간이 걸린다는 것이 문제였다.

석유산업은 크게 두 가지로 나눌 수가 있다.

원유 탐사와 개발 및 생산 산업을 상류부문(upstream)이라 하고 원유 수송과 정제 및 판매를 하는 산업을 하류부문(downstream)이라 한다.

우리나라의 정유 회사들은 모두 하류부문에 치중하고 있으면서도 상당한 이익을 얻고 있다. 하지만 석유 산업의 핵심과 고부가가치는 상류부문에서 대부분 이루어지고 있다.

석유 산업의 전체 이익 중 70~90%를 상류부문에서 가져가기 때문이다.

나는 러시아에서 이 두 부분 모두를 손에 넣으려고 하는 것이다.

옐친 대통령은 나의 요구를 들어주었고, 그날 저녁 러시아 국영 TV 방송을 통해 전국에 120억 달러에 달하는 룩오일의 동시베리아 파이프라인 투자에 대해 발표했다.

불안한 정치 국면에도 러시아의 경제가 약진하고 있다는 것을 강조한 옐친의 연설은 주로 성공 가도를 달리고 있는 룩오일과 알로사의 사례를 들면서 진행되었다.

또한 자신을 비판하고 권력 남용을 지적하는 최고 회의 의장인 루슬린 하스불라토프와 그를 지지하는 최고 회의 의원들을 강하게 비판했다.

그들로 인해서 국론이 분열되어 강한 러시아로 가는 길을 방해하고 있다는 것을 강조하며 러시아의 분열을 일으키는 최고 회의 의원들을 좌시하지 않겠다는 말로 끝을 맺었다.

앞으로 보리스 옐친 대통령은 보수파가 장악한 국회를 전격적으로 해산하고 조기 총선을 실시할 것이다.

옐친의 TV 연설은 그의 지지율을 더욱 올려놓았다.

경제 분야가 침체기에 들어서는 상황에서의 대규모 투자는 러시아 경제에 활력을 불어넣을 것이라는 기대와 함께 국회를 장악한 보수파가 오히려 경제 정책의 발목을 잡아 경제를 어렵게 하는 모양새로 비쳤다.

절묘한 시기에 터진 룩오일의 대규모 투자가 수세로 몰

렸던 옐친 대통령의 숨통을 틔워준 것이다.

"하하하! 옐친 대통령께서 아주 흡족해하십니다. 여론이 완전히 우리 쪽으로 돌아왔습니다."

세르게이 대통령 비서실장은 만족스러운 표정으로 크게 웃었다. 어제까지만 해도 러시아의 여론은 국회를 장악한 보수파 쪽이 우세했었다.

"잘되었습니다. 어제는 정말 옐친 대통령께서 쿠데타를 막아내었을 때를 보는 것 같았습니다."

"그러게요. 저도 어제 그런 느낌을 받았습니다. 러시아의 국민들도 아마 우리와 같은 느낌을 받은 것 같습니다. 하하하! 이게 다 강태수 대표님 덕분입니다."

세르게이는 나의 능력을 높이 평가하는 인물 중 하나였다. 단점이라면 돈에 대한 욕심이 강하다는 것이다.

나는 바카를 무사히 러시아로 보내기 위해 세르게이 비서실장에게 도움을 요청했고, 핵잠수함을 동원한 대가로 400만 달러를 건네주었다.

그는 400만 달러 중 100만 달러를 러시아 국방부 장관인 파벨 그라초프에게 건넸다.

"어제 말씀드린 유코스(Yukos)의 인수 작업을 바로 할 수 있게 해주셔서 감사합니다."

옐친 대통령은 파격적으로 관계 부처에 유코스의 인수

작업을 이번 주 내로 끝내라는 지시를 내렸다.

예전부터 여러 회사들이 인수 타진을 하고 있었던 유코스였기 때문에 인수와 관련된 작업들은 이미 룩오일에서 준비를 해놓고 있었다.

하지만 인수 절차와 연관된 절차들이 복잡하고 러시아 관료들의 느긋함이 늘 시간을 잡아먹었었다.

그러나 이번에는 러시아 통수권자인 옐친의 직접적인 지시에 인수 절차가 일사불란하게 진행되고 있었다.

일주일의 기간까지 정해주었지만, 현실은 빨라도 한 달은 잡아야 한다. 그것만으로도 엄청난 진행 속도였다.

인수 금액은 7억 2천만 달러라는 헐값이었다. 적어도 10~15억 달러를 예상했었다.

인수 금액을 줄일 수 있었던 것은 세르게이의 덕이 컸다.

"하하하! 우린 함께 가는 동반자가 아닙니까? 러시아는 강태수 대표님 같은 분이 많아야 예전 같은 힘을 되찾을 수 있습니다."

웃으면서 말하는 세르게이에게 비밀 계좌로 천만 달러를 이미 송금해 주었다.

러시아에서는 공짜라는 것이 없었다. 받는 것이 있으면 그에 상응하는 보답을 해야만 했다.

"러시아의 영광을 위해서라도 최선을 다해서 일하겠습

니다."

"하하하! 지금도 잘하고 계십니다. 한데 그 많은 투자금을 마련하실 수 있습니까?"

120억 달러에 달하는 송유관 공사비는 올해 러시아 국방 예산보다 66억 달러 정도밖에 차이가 나지 않을 정도로 대단히 큰 금액이었다.

이런 금액을 한 기업에서 조달해 투자한다는 것은 러시아에서는 처음 있는 일이었다.

세르게이는 그 점이 무척 궁금한 듯했다. 더구나 유코스의 인수 자금도 만만한 금액이 아니었다.

'후후! 돈의 출처가 궁금한가 보군.'

"한국과 미국에 있는 회사들이 투자에 참여했습니다."

"아! 미국에도 회사를 가지고 계시는군요."

"예, 룩오일 혼자서는 감당하기 힘든 일입니다."

"그렇겠지요. 저도 힘 닿는 대로 돕겠습니다."

원하는 대답을 얻었는지 세르게이는 미소를 지으며 자리에서 일어났다.

*　　　*　　　*

카즈로브 안은 아리랑의 조직원을 32명에서 40명으로 확충했다.

충원된 인물들 모두 고려인이었다.

아리랑의 조직원들은 코사크에서 파견된 훈련 교관에게서 총기를 다루는 기술과 격투술을 배우고 있었다.

"작전은 내일모레 진행될 것입니다. 알려드린 대로 코메르의 창고를 공격하면 됩니다. 10여 명 정도의 인원밖에 없을 것입니다."

"음, 알겠습니다. 그 정도면 충분히 제압할 수 있습니다."

"총격전이 벌어져도 경찰은 출동하지 않을 것입니다. 나머지는 우리가 알아서 처리하겠습니다."

코사크의 작전을 주도하는 보리스는 일주일 전부터 코메르의 핵심 인원들과 거점들을 조사해 놓았다.

이미 코사크 타격대 2팀과 새롭게 창설된 3팀의 인원 50명이 상트페테르부르크에 들어와 있었다.

이와 별도로 40명의 코사크 대원도 만약의 사태를 대비하고 있었다.

"한데 소문처럼 말르노프 조직의 실질적인 보스가 강태수 대표님이라는 말이 사실입니까?"

"그건 확인해 드릴 수 없습니다. 하지만 저희를 이끄는 분의 뜻에 어긋나는 일을 한다면 아리랑의 조직도 코메르처럼 무너질 것입니다."

보리스는 은근히 카즈로브 안을 위협했다.

'코메르처럼 이미 나와 가족들의 신상이 모두 조사되었겠지……'

"물론입니다. 저와 아리랑은 강태수 대표님의 뜻에 따를 것입니다."

카즈로브 안은 강태수를 만나 보지 못했지만, 그가 러시아에서 어떤 위치에 있는지는 잘 알고 있었다.

카즈로브 안도 어느 순간부터 표도르 강이 아니라 코사크 대원들처럼 강태수 대표님이라고 부르고 있었다.

*   *   *

내가 러시아를 떠나는 날 상트페테르부르크에서 가장 큰 세력을 가진 코메르 조직이 하룻밤 사이에 사라졌다.

코메르를 이끄는 보스 소로킨은 집으로 이동하던 중 자동차 폭발 사고로 사망했고, 조직의 이인자인 다닐라는 고급 식당에서 피살되었다.

코메르의 핵심 세력이라 할 수 있는 행동대를 이끄는 티돕프 또한 아파트에 원인 모를 화재가 일어나 사망했다.

순식간에 코메르를 이끄는 핵심 인물들이 사라지자 조직

원들은 우왕좌왕할 뿐 무엇 하나 제대로 할 수 없었다.

거기에 코메르의 핵심 사업장들에 모여 있던 조직원들은 코사크와 아리랑 조직원들에게 제압당하고 말았다.

사업장에 있던 무기들과 마약은 물론 현금까지 모두 강탈당했다.

코메르와 협력 관계에 있던 두 개의 마피아 조직은 일절 코메르을 위해 나서지 않았다.

코메르의 핵심 인물들이 한꺼번에 사라지고 난 후, 그들이 감당할 수 없는 인물이 코메르를 와해시키기로 했다는 소문이 상트페테르부르크에 돌았기 때문이었다.

그 말이 사실로 드러난 것은 고작 이틀밖에 걸리지 않았다.

코메르의 사업장으로 쓰던 핵심 건물은 코사크의 대원들로 넘쳐났고, 다른 중요 거점은 아리랑의 조직들이 장악했다.

코메르의 자랑인 행동대는 무장해제되었고, 행동대원 10여 명은 코사크에 의해 경찰에 넘겨졌다.

코메르의 나머지 인물들은 핵심 인물들이 사라진 다음 날부터 하나둘 코사크와 아리랑에 투항하기 시작했다.

그들은 대항할 의지도, 상황이 어떻게 돌아가는지도 알지 못했다. 몇몇 인물이 공격을 시도했지만 모두 현장에서 사살되었다.

이미 코메르 조직원들의 위치와 움직임이 코사크에 모두 파악됐기 때문이었다.

코메르의 핵심 인물 중 온건한 인물로 평가받은 바짐은 살아남기 위해 투항하지 않은 조직원들을 설득했고, 미미한 저항은 3일 후에 모두 끝이 났다.

"수고했습니다. 자동차 부지 계약을 바로 진행하십시오."

러시아에서 걸려온 전화는 내가 예상한 대로였다. 상트페테르부르크에서 가장 큰 세력이었던 코메르는 힘 한번 써보지 못하고 무너진 것이다.

*   *   *

닉스E&C의 본사는 정신이 없었다.

국내 건설뿐만 아니라 신의주 특별행정구와 러시아에서 진행하고 있는 공사도 하나둘이 아니었다.

거기에 이번에 러시아에서 발표된 가스 송유관 건설 공사는 지금까지 닉스E&C가 진행했던 공사 중 규모가 가장 컸다.

닉스E&C는 매일 신규 인원을 채용할 정도로 인력 수급에 열을 올렸다.

국내 건설업계는 연일 계속되는 닉스E&C의 수주에 놀라 벌어진 입을 다물지 못하고 있었다.

더구나 닉스E&C가 현재 진행하고 있거나 앞으로 진행할 공사들 모두가 알짜배기였다.

다들 상당한 수익을 가져오는 공사뿐이었다.

"대표님께서 힘을 써주신 덕분에 올해 닉스E&C의 건설 수주 금액이 국내 최고가 되었습니다."

닉스E&C의 총괄이사인 박대호가 흥분해서 말했다. 국내 굴지의 현대건설과 대우건설 그리고 쌍용건설사를 모두 제치고 중견 건설사인 닉스E&C가 최고의 자리에 올라선 것이다.

"이번 기회를 바탕으로 닉스E&C가 단단한 자리에 올라서야 합니다. 그리고 일의 진행에 따라서 사람들을 뽑아야 하지만 눈앞의 일만을 해결하기 위해 뽑는 인력은 없어야 합니다. 적어도 5~10년을 내다보면서 사업을 진행하셨으면 합니다."

"예, 명심하겠습니다."

박대호는 나의 능력이 어디까지인지 궁금한 듯한 표정이었다. 그도 그럴 것이 박대호는 러시아의 옐친 대통령이 발표한 동시베리아 파이프라인 설치 공사를 떡하니 닉스E&C

가 대부분 수급하게 될 줄은 몰랐다.

아직 박대호는 내가 러시아에서 운영하는 기업들에 대한 정보를 잘 알지 못했다.

"신의주 특별행정구와 제주도에도 호텔을 지을 예정입니까? 제주도 쪽에 땅을 알아보십시오."

러시아로 탈출한 바카가 호텔 사업에 투자하기로 한 금액은 7억 달러였고, 내가 3억 달러를 추가해 10억 달러로 공동 투자가 이루어진다.

호텔의 운영은 모두 내가 맡기로 했다.

"신규로 말씀입니까?"

현재 신의주 특별행정구에 닉스와 도시락이 투자한 호텔을 짓고 있었다.

"그렇습니다. 제주도에는 호텔과 풀 빌라 형태의 고급 패션 단지를 건설할 생각이니까, 충분한 부지를 확보해야 합니다. 물론 풍광이 무척 아름다운 곳으로 말입니다."

나는 이참에 호텔 사업을 전담할 회사를 설립할 계획이다.

"예, 알겠습니다. 하하! 정말 쉴 틈이 없겠습니다."

"힘드시면 일을 좀 줄여드릴까요?"

"아닙니다. 지금이 저는 정말 좋습니다. 회사가 성장하고 앞으로 나가는 것이 눈에 확연히 보이니까 아주 좋습니다."

"회사 일도 중요하지만, 가정일도 소홀하지 않으셔야 합니다. 가정의 날은 잘 지켜지고 있습니까?"

매주 수요일은 정시에, 금요일은 2주에 한 번씩 1시간 일찍 무조건 퇴근하게 하였다. 맡은 일은 업무 시간에 집중해서 처리하면 모두 끝낼 수 있는 것이 대부분이었다.

쓸데없이 상사의 눈치를 보면서 퇴근 시간을 늦추거나 야근을 하는 분위기를 바꾸기 위해서였다.

또한 회식도 부서의 단합과 사기를 위한 자리는 권장했지만, 상사의 기분을 맞추어야 하는 술자리나 강제적인 자리는 만들지 못하도록 했다.

그와 함께 아무리 능력이 있다고 해도 의견 수용과 부하 직원과의 소통이 없는 독불장군식의 부서장들은 가감 없이 퇴출해 인식의 변화를 취했다.

"예, 저부터 지키려고 하니까요. 이젠 다들 자연스럽게 받아들이고 있습니다."

박대호 총괄이사의 말처럼 닉스E&C는 조금씩 바뀌고 있었다. 건설 회사의 특성 때문인지 다른 회사보다 술자리가 많았고, 술로써 스트레스를 풀려는 문화가 강했다. 그 때문인지 술로 인해 발생하는 문제들도 상당했다.

문제 해결을 위해 닉스E&C는 취미가 비슷한 직원들이 다양하게 참여할 수 있는 동아리들을 만들어 활동비를 회사에서 후원했다.

현재는 직장 밴드, 등산, 사이클, 공연 및 영화 감상, 바둑 등 10여 개의 동아리가 만들어졌다.

현장 근무자들도 참여할 수 있는 방식들을 계속 연구 중이었고, 이를 위해 사원 복지를 담당하는 부서를 따로 두었다.

"그러서야 합니다. 가정이 평안하고 안정되어야 회사에서도 일할 맛이 나니까요. 그리고 사내에서 일어날 수 있는 언어폭력과 성폭력에도 특별히 신경을 쓰십시오."

가정보다도 회사에서 머무는 시간이 더 많은 직원들이 더욱 편안하고 조금이나마 행복하게 일할 수 있는 환경을 만들고 싶었다.

과거에 내가 일했던 직장에서는 상사라는 이유만으로 말도 안 되는 것을 요구할 때가 많았다. 회사를 떠나게 된 가장 큰 이유는 급여가 아닌 불합리한 지시에 따라오는 인간관계였다.

"예, 저도 그 점에 대해 신경을 쓰고 있습니다. 정말이지 대표님은 어떤 기업가들보다 직원들을 아끼시는 것 같습니다. 저도 여러 회사에 다녀보았지만, 대표님처럼 직원들을 위해 다방면에 신경을 써주시는 분을 보지 못했습니다."

"저도 처음부터 대표가 된 게 아니었으니까요. 그래서 직원들의 마음을 잘 알고 있습니다."

"아, 예."

박대호는 약간은 어리둥절한 표정으로 대답했다. 그가 나에 대해 알고 있는 것은 내가 회사생활을 해본 적이 없다는 것이었다.

나는 과거로 돌아온 후부터 용산전자상가에서 사업을 시작했었다.

'아차! 과거 이야기지……'

"하여간 박 이사님께서도 지금처럼 직원들을 아끼시고 회사를 잘 이끌어주십시오."

"예, 말씀하신 대로 꼭 그러겠습니다."

박대호는 어느 순간부터 나를 진심으로 따르고 있었다.

박대호만이 아니었다. 한국에서 운영하는 회사들의 임원이나 직원들 모두 한결같이 날 지지하고 존경했다.

그것은 직원들에게 내가 먼저 다가가고 직원들이 바라고 원하는 것을 해주었기 때문이다.

도약의 날개를 단 닉스E&C는 앞으로 5~6년 동안은 놀라운 성장과 이익을 낼 것이다.

송 관장이 집으로 돌아왔다.

그는 6개월 가까이 개마고원과 백두산 일대를 돌면서 수련을 해왔었다.

까맣게 변해버린 피부와 길게 자란 머리를 질끈 동여맨 모습이 마치 기행을 일삼는 예술가처럼 보였다.

거기에 얼굴과 팔다리에는 작지 않은 흉터들이 눈에 들어왔다.

"뭘 하셨길래 모습이 이렇게 변하셨습니까? 여기저기 상처들도 많으시고."

한편으로 송 관장의 몸에는 지방을 찾아볼 수 없을 정도로 잔근육들까지 단단하게 올라와 있었다.

강철 방패처럼 보이는 그의 몸은 송곳 하나도 들어가지 않을 것만 같았다.

"죽을 고비를 여러 번 넘긴 흔적들이지. 말도 마라. 늑대는 물론이고 호랑이하고도 싸웠으니까."

"정말이세요? 정말 호랑이를 직접 보셨다고요?"

Chapter 5

    믿기 힘든 이야기였다. 호랑이와 늑대는 남한에서는 일
찌감치 멸종된 동물이었다.

    산림청과 환경관리청에서 늑대와 호랑이를 찾기 위해서
여러 번 탐사를 벌였었다.

    관련 학계에서도 별도의 탐사대를 꾸려서 찾으려고 노력
했지만, 일제강점기 때 유해조수 토벌과 한국전쟁을 거치
면서 멸종된 것으로 결론을 내렸다.

    "거짓말처럼 들리지?"

    "솔직히 좀……."

믿기 힘들었다.

"자, 여길 한번 봐 봐."

송 관장은 윗옷을 벗어서 등 쪽에 생긴 흉터를 내게 보여주었다. 그의 등에는 날카로운 흉기로 그은 것 같은 네 개의 깊은 상처가 위에서 아래로 길게 이어져 있었다.

그러나 흉기로는 일정 간격으로 똑같은 상처를 낼 수 없었다.

또한 깊은 상처는 송 관장의 등을 전부 덮을 만큼 컸다.

"아니, 호랑이 발이 얼마나 크기에 이런 상처가 날 수 있습니까?"

"직접 봤어도 믿지 못할 거야. 대호는 쉽게 볼 수도, 앞으로 나올 수도 없는 동물이야."

송 관장은 마치 대호가 바로 눈앞에 있는 것처럼 말했다.

"정말 믿기지 않네요. 호랑이를 상대하고도 살아남을 수 있다니……."

아무리 송 관장이 강하다고는 해도 최상위 포식 동물인 호랑이는 이길 수 없었다.

"운이 좋았지. 솔직히 마지막에는 포기하고 눈을 감았다니까. 대호와의 첫 만남은……."

송 관장의 대호와 만났던 이야기가 시작될 때쯤 가인이와 예인이가 준비한 음식을 마당으로 가지고 나오고 있었다.

송 관장의 경험은 한마디로 전래동화나 영화에서나 나올 법한 이야기였다.

생사의 고비를 여러 번 겪어서일까? 송 관장의 모습은 마치 무쇠라도 벨 수 있을 것처럼 날이 서 있는 검처럼 느껴졌다.

눈빛 또한 야생에서나 만날 수 있는 맹수처럼, 눈빛만으로 상대를 굴복시킬 수 있을 것처럼 예사롭지 않게 변해 있었다.

"와! 아빠가 살아올 수 있었다는 게 기적이었네."

예인이가 송 관장의 말이 끝나자마자 탄성을 지르며 말했다. 대호와의 싸움은 물론이고 늑대들과의 사투도 놀라운 일이었고, 절체절명의 위기에서 나타난 대호의 이야기는 압권이었다.

"이제 몸은 괜찮은 거지?"

가인이가 걱정스러운 눈빛으로 송 관장 바라보며 물었다.

"아빠는 괜찮아. 그곳에는 호랑이도 있고, 늑대도 있었지만, 몸에 좋은 약초들도 지천으로 널려 있었어. 거기서 100년을 훌쩍 넘은 산삼을 두 뿌리나 캐서 먹었다니까."

송 관장의 몸에서 나오는 기운이 달라 보이는 이유였다. 그래서인지 몸에 늘어난 흉터 외에는 달리 이상한 점이 없어 더 건강해 보였다.

"좋은 것 먹으셨네요. 혹시 예비 사위한테 주실 산삼은 없으십니까?"

"가져올 수 있었으면 좋았겠지만, 그게 여의치가 않아서 말이야. 그리고 넌 힘쓸 일도 없잖아."

송 관장은 슬쩍 나와 가인이를 보며 말했다.

"왜 없습니까? 넘쳐나는 회사 일로 심신이 지쳐 있습니다."

"젊은 놈이 엄살은. 내가 가르쳐 준 호흡법만 꾸준히 해도 피곤해지지 않을 텐데."

'요새 정말 피곤한데, 호흡법만으로는 힘들어…….'

"태수 오빠가 피곤하긴 해요. 이번에 또 새로운 회사를 설립했대요. 운영하는 회사들도 하루가 다르게 성장하고 있어서 저도 얼굴 보기가 힘들어요."

가인이가 날 바라보며 안타깝다는 표정으로 말했다. 가인에게 러시아에서의 신규 사업과 새롭게 시작한 닉스커피에 대해 말을 해주었다.

"혼자서 너무 무리하는 것 아니냐? 러시아에서 하는 사업도 한두 개가 아닌데."

"그래서 이번 연말까지 회사별로 대표를 세우려고 합니다."

"뭐냐? 그러면 태수가 회장이 되는 거네."

"와! 오빠, 정말 대단하다."

송 관장의 말을 들은 예인이가 엄지를 추켜세우며 말했다. 예인이도 내가 운영하는 회사들의 규모를 어느 정도는 알고 있었다.

"원하는 것은 아니지만 그렇게 해야만 할 것 같습니다."

이제는 회사마다 소소한 일에 간섭하고 참여할 시기가 아니었다. 운영 중인 회사들은 모두 안정적으로 성장해 가고 있었고 상당한 이익을 내고 있었다.

이제는 큰 방향과 선택할 때만 회사 일에 관여해도 충분했다.

"하하하! 하여간 대단해. 태수 나이에 회장이 되는 사람은 대한민국에, 아니 전 세계에도 없을 거야. 자! 우리 태수를 위해 건배할까."

송 관장의 말에 가인이와 예인이가 잔을 높이 들었다. 그의 말처럼 내 나이에 회사를 운영하는 사람은 있을지라도 상당한 규모와 매출을 올리는 회사들을 거느린 사람은 없을 것이다.

"축하해, 태수 오빠."

"미리 축하합니다, 회장님."

가인이의 말에 멋쩍은 웃음이 나왔다.

21살의 나이에 계열사를 이끄는 회장이 된다는 것이 어색한 옷을 입은 것처럼.

*　　　*　　　*

이대수 회장 앞에 선 이중호는 초조했다. 자신이 심혈을 기울여 작성한 계획서를 검토받고 있었다.

대산그룹은 신규사업으로의 진출을 모색 중이었다.

"음, 에너지 사업이라……. 대우와 현대에서도 투자한 만큼 크게 성과가 없지 않았나?"

이대수는 계획서의 마지막 장을 넘기며 말했다.

"눈에 보이는 성과가 없던 것은 꾸준한 투자가 이루어지지 않아서였습니다. 앞으로 중국과 우리나라의 경제 성장에 따른 자원 소비가 크게 이루어질 것이 분명합니다."

"그건 그렇지."

"러시아에서도 에너지 사업에 대한 대규모 투자가 이루어지고 있습니다. 한국 정부에서 투자한 가스전이 성공적으로 개발되어 코뷔트키스크 지역에서 내년부터 국내에 천연가스를 들여온다고 합니다. 제가 알아본 정보에 의하면 코뷔트키스크처럼 천연가스와 원유가 나올 수 있는 확실한 지역이 있다고 합니다. 러시아가 혼란스럽기 때문에 저럼

한 가격으로 지방정부와 계약을 체결할 수 있는 여건도 마련된 상황에서……"

이중호는 열심히 자신이 그동안 조사하고 준비해 온 자료들을 토대로 설명을 이어갔다.

이중호의 말처럼 대한민국 정부의 시베리아 가스전개발 사업의 성공에 고무되어 대산그룹 외에도 진로, 쌍방울 등 여러 대기업이 에너지 산업 진출에 대한 타당성을 조사, 진행하고 있었다.

일찌감치 시베리아 자원개발사업에 관심을 가졌던 현대와 대우 그리고 럭키금성도 새로운 전략사업 팀을 구상하여 새로운 진출을 모색하고 있었다.

이중호가 준비한 계획안은 사실 필립스 코리아의 박명준 사장이 참여해 작성한 것이었다.

문제는 이전 정부에서 성공했다고 이야기한 시베리아 자원개발사업은 사실상 실패에 가까웠다.

룩오일이 코뷔트키스크에서 발견한 가스전을 대가를 주고 이용한 것뿐이었다.

룩오일과 한국 정부와의 이면 계약 상황을 아는 국내 기업은 없었다. 정부가 언론에 발표한 것처럼, 국내로 공급한다는 천연가스는 투자 개발로 인해 무상으로 들어오는 것이 아니었다.

"그래서 필요한 것이 뭐냐?"

이대수 회장도 대산그룹 전략기획부를 통해 자원 사업에 대한 정보를 보고받고 타당성을 검토 중이었다.

고부가가치를 창출할 수 있는 자원개발사업은 사실 하이리스크(고위험) 사업이었다.

"자원개발사업을 위한 태스크 포스(TF) 팀을 만들 수 있게 해주십시오. 그리고 인적 구성에 대한 권한을 제게 주십시오."

이중호는 자원개발사업을 통해 이대수를 비롯한 그룹 내 주요 인사들에게 자신의 능력을 펼쳐 보이고 싶었다.

기존의 그룹 내에서 하는 기존 사업들은 대부분 안정되어 있어 자신의 능력을 확연히 드러내기가 쉽지 않았다.

또한 강태수의 경영 능력을 높이 평가하는 이대수에게 기존의 사업으로는 크게 어필할 수 없기에 새로운 방법을 모색한 것이다.

어느 순간부터 자신과 비교되는 강태수를 넘어서기 위해 무던히도 노력하고 있었다.

"음, 일단 계획서는 훌륭했어. 하지만 자원개발사업은 위험성이 너무 크고, 현재 러시아의 상황이 불확실해."

"리스크가 크다는 점은 저도 인정합니다. 그러나 러시아가 불확실하기 때문에 기회가 많다는 점도 봐주시길 바랍니다. 러시아가 안정되면 지금의 투자 조건으로는 진출할 수 없습니다."

이중호의 말처럼 러시아 중앙정부의 지원이 부족해지자 지방정부들과 공화국들은 자신들이 가지고 있는 자원탐사 권과 자원개발지분을 판매하려고 했다.

"그래, 그 부분도 고려해야 할 상황이지. 좋아, 검토를 좀 더 해보고 결론을 내리도록 하지."

이대수 회장의 입에서 만족스러운 대답이 흘러나오지 않았지만, 이중호의 표정에는 변화가 없었다.

하지만 이중호는 이대수가 자원개발사업에 관심을 두고 있다는 걸 잘 알고 있었다.

"알겠습니다."

이중호는 이대수에게 정중히 인사를 하고는 회장실을 나섰다.

"후후! 생각보다 잘 만들어 왔네."

이중호가 나가자마자 계획서를 다시 한 번 펼쳐본 이대수는 인터폰을 통해 비서실장과 전략기획실장을 불러들였다.

*   *   *

명성전자에 입주해 있던 블루오션은 새로운 터전을 마련했다.

명성전자에서 걸어서 5분 정도 떨어진 곳에 있던 가죽 공장을 인수해 새롭게 리모델링했다.

500평 크기의 공장이었지만 블루오션은 제품에 대한 연구 개발과 디자인만 하므로 직원들이 쓰기에는 충분한 공간이었다.

블루오션의 직원은 52명으로 늘어났고, 40명의 직원이 제품 개발과 디자인을 담당하는 직원이었다.

특히나 블루오션은 디자인을 중시해 디자이너만 10명이었다. 또한 닉스디자인센터와 연계하여 제품을 디자인했다.

대기업을 제외한 블루오션과 비슷하거나 더 규모가 큰 회사들도 전문적인 디자인과 관련된 직원은 한두 명에 불과하거나 대부분 기구설계팀에서 디자인까지 함께하고 있었다.

더구나 대다수의 회사가 새로운 디자인보다는 시장에서 잘 팔리는 제품의 디자인을 카피하거나 조금 변형하는 것이 전부였다.

"새롭게 출시할 무선호출기(삐삐)는 큐브라고 명명했습니다. 시시각각 형태를 바꿀 수 있는 큐브처럼 이 제품은 케이스를 교체할 수 있습니다. 여길 밀고서……."

신제품 큐브는 유행에 민감한 젊은 층을 공략하기 위한 제품이었다.

성냥갑처럼 케이스를 밀어서 교체할 수 있게 만들었고, 색상은 일곱 가지로, 제품을 구매할 때 두 개를 선택할 수 있었다. 나머지 색상의 케이스는 별도로 구매하게끔 했다.

큐브에는 시계 기능과 함께 수신 시간의 표시가 가능하고, 퍼지자동조명장치가 부착돼 어두운 곳이나 야간에도 별도의 조작 없이 수신 메시지를 확인할 수 있다.

재즈시리즈로 무선호출기 시장에 큰 파란을 일으켰던 블루오션의 새로운 야심작이었다.

'생각보다 괜찮네…….'

나는 설명을 들으며 큐브의 케이스를 교체해 보았다. 생각보다 간편하게 케이스를 교체할 수 있었다.

"또한 30개의 전화번호를 입력할 수 있습니다."

큐브의 개발을 주도했던 양일욱 차장은 개발 보고를 끝내고 나를 긴장한 눈빛으로 바라보았다.

"아주 좋네요. 한 가지 더 추가하자면, 이 케이스를 좀 더 다양하게 만들면 어떻겠습니까?"

나는 큐브의 케이스를 휴대폰 케이스처럼 새로운 시장을 형성할 아이템으로 삼고 싶었다.

"일곱 가지의 색상이 부족하다는 말씀이십니까?"

양일욱 차장은 나의 말을 바로 이해하지 못했다.

"색상뿐만 아니라 다양한 캐릭터와 모양을 갖춰 큐브의 케이스를 전문적으로 판매하자는 말씀입니다. 한마디로 큐브의 케이스를 별도로 상품화시키자는 말이지요."

내 말에 회의에 참석한 이혜진 디자인 팀장의 입이 벌어지는 것이 보였다.

그녀는 내 말뜻을 바로 알아챈 것 같았다.

큐브는 비교적 직선적인 성격으로 새로운 개성을 추구하는 요즘 젊은 세대 사이에 유행시킬 수 있는 제품이었다.

큐브의 케이스는 저렴한 가격으로도 자신만의 색깔을 뚜렷하게 낼 수 있는 제품이었다.

한마디로 블루오션을 한 단계 더 올려놓을 수 있는 제품이 탄생한 것이다.

큐브가 기획된 때부터 일찌감치 디자인과 제품에 관련된 특허와 실용신안을 신청해 놓았다.

다른 기업들이 그대로 따라 하는 걸 막기 위해서 큐브와 비슷한 형태의 여러 디자인에도 특허를 걸어놓았다.

블루오션과 닉스디자인센터는 큐브의 케이스를 상품화하기 위한 디자인 팀이 구성되었다.

모두 열 명으로 구성된 팀에서 기존 무지개 색상 외에 추가로 스무 가지의 제품을 이번 달까지 디자인하기로 했다.

블루오션이 명성전자을 떠나 새로운 보금자리로 이사하고 비게 된 건물에는 큐브의 생산 라인 갖추어졌다.

무선호출기 시장에 새로운 패러다임과 유행을 만들어낼 큐브에 거는 기대가 어느 때보다 높았다.

삐삐 케이스를 교체한다는 개념에서 한 발짝 더 나아가 케이스 자체를 상품화시키자는 것은 현 시대에 그 누구도 생각하지 못한 일이었다.

이번 달 초에 제품을 내놓을 계획이었지만 새로운 케이스들을 시장에 내놓기 위해서 제품 출시일을 20일 뒤로 연기했다.

그러는 동안 충분히 큐브를 부족함 없이 판매할 수 있게 제품 생산에 주력하기로 했다.

큐브의 가격은 10만 5천 원으로 책정되었고, 개별 케이스의 가격은 3천~1만 원까지 디자인과 재질에 따라서 다르게 정했다.

큐브를 판매하는 곳으로 닉스매장과 비전전자 판매장, 그리고 새롭게 백화점을 선택했다.

*　　　*　　　*

소공동의 조용한 한정식집에서 이중호와 필립스코리아의 박명준이 함께 저녁 식사를 하고 있었다.

그리고 박명준의 옆에는 대산그룹 전략기획실의 김창원 실장이 함께하고 있었다.

김창원의 직위는 실장이었지만 사장 직급의 인사였다.

"회장님께서 자원개발사업을 시작하실 것 같아."

김창원은 이중호를 보며 말했다. 그는 함께한 박명준보다 2살이 많았고 이대수가 아끼는 인물 중 하나였다.

"잘되었네요."

이중호는 환한 웃음을 보이며 말했다.

"이번 사장단 회의 때 최종 결정을 할 거야."

"회장님 스타일대로 가시네요."

김창원의 말에 박명준이 말했다.

"돌다리도 두드리고 가시는 분이시잖아."

김창원의 말처럼 이대수는 이미 판단을 하고 마음을 굳혀도 문제점이 없는지를 확인하고 또 확인했다.

그러한 점이 지금까지 별다른 문제 없이 대산그룹을 이끈 원동력이었지만 한편으로는 늦은 판단으로 인해 큰 이익이 되는 사업을 놓칠 때도 있었다.

"하여간 수고가 많으셨습니다. 제가 한잔 드리겠습니다."

이중호는 고려청자를 모티브로 삼은 술병을 들어 김창원에게 따라주었다.

"하하! 내가 뭐 한 것 있나. 회장님께 사실대로 말씀드린 것뿐인데."

김창원은 이중호가 따라 주는 술을 기분 좋게 받았다.

"김 선배님이 거들어주시지 않았다면 회장님이 쉽게 결정하지 않으셨을 것입니다."

옆에 앉은 박명준도 고마움을 표시했다. 김창원은 대산 그룹 내 핵심 인물이자 중립적인 인물이었다.

"앞으로가 중요하지, 자원 개발이라는 게 쉬운 사업이 아니잖아."

"예, 하지만 큰 이익을 줄 수 있는 매력적인 사업입니다."

이중호는 김창원의 말을 바로 맞받아쳤다.

"그렇긴 하지. 러시아의 사업 파트너는 확실히 정한 거야? 계획서에는 명확하지가 않던데."

"현재 룩오일과 로스네프트(Rosneft)와 접촉하고 있습니다. 가즈프롬과도 가능성을 열어두고 있습니다. 저희에게 가장 이익이 되는 쪽을 선택할 것입니다."

박명준이 대답했지만, 아직 정해진 곳이 없었다. 실질적인 투자액이 정해지지 않은 상황에서 구체적인 협상안을 제시할 수 없기 때문이었다.

이대수 회장의 결재가 나고 그룹 차원에서 지원이 이루어져야만 합작 파트너를 정할 수 있었다.

"룩오일이 대단하더군. 중국과 북한을 거쳐 남한까지 송유관과 가스 수송관을 설치한다는 발표를 한 걸 보면 말이야."

김창원이 잔에 가득 담긴 술을 비우며 말했다.

"문제는 투자 자금을 어떻게 조달하느냐입니다. 적어도 100억 달러는 들어갈 것이니까요. 지금까지 여러 회사가 송유관을 통해서 원유와 천연가스를 들여온다는 말을 했지만, 실질적으로 이루어진 것은 여태껏 없었습니다. 중국 쪽에서 발표는 있었지만, 북한과 정부에서는 아직 아무런 말이 없으니까요. 룩오일의 파이프라인도 지켜봐야 할 것입니다."

한 기업에서 100억 달러 이상 들어가는 사업을 진행한다는 것은 쉬운 일이 아니었다.

대규모의 투자가 필요한 사업은 정부의 도움이나 여러 회사들이 컨소시엄을 이루어 위험요소를 줄이려고 했다.

룩오일에는 중국을 관통하는 송유관과 가스 수송관만 합작으로 진행하고, 러시아와 한반도를 관통하는 파이프라인은 룩오일이 전적으로 투자한다고 발표했다.

"하긴 공사가 이루어지는 것을 확인해야만 하겠지. 공염불로 그치는 사업들이 한둘이 아니었으니까 말이야."

러시아에서 북한을 거쳐 송유관과 가스 수송관을 통해서 남한에 직접 원유와 천연가스를 공급한다는 계획들은 이전에도 있었지만 대부분 꿈같은 이야기로 치부되었다.

남북한의 특수한 상황이 꿈을 현실로 만들기 힘들었다.

"그 이야기를 들어 보셨습니까? 러시아의 석유 회사 중 하나를 한국인이 소유하고 있다는 소문 말입니다."

이중호가 김창원의 빈 잔을 채우면서 말했다.

"나도 듣긴 했지만, 헛소문이라는 생각이 들어."

박명준은 앞에 놓인 회를 집으며 말했다.

"러시아의 석유 회사들의 규모는 국내 정유 회사들과 비교할 수 없을 정도로 크잖아. 그런 회사를 한국 사람이 소유했다고 하면 벌써 신상이 알려졌을 거야."

"하하! 그런가요. 하긴 저도 믿기 힘든 이야기였습니다."

두 사람이 가능성이 없다는 말을 하자 말을 꺼낸 이중호 또한 관심을 두지 않았다.

"요즘 그쪽 시장은 어때?"

김창원이 박명준을 보며 물었다.

"무선호출기 시장이 확대되면서 매출은 좋아지고 있습니다. 새롭게 출시한 퍼펙트의 반응도 괜찮고요."

필립스코리아에서 야심작으로 만든 퍼펙트(Perfect)는 크기를 줄이고 기능을 대폭 강화하면서도 가격을 기존 제품보다 내렸다.

이윤을 줄이더라도 시장 점유율을 높게 하겠다는 전략으로 내놓은 삐삐였다.

"다행이야. 그동안 회장님이 박명준이도 한물간 게 아닌가 하는 반응을 보이셨었어."

"저도 난감했으니까요. 괜찮은 제품을 내놓고도 시장에서 밀려났었으니까요. 이번에는 제대로 만회할 수 있을 것입니다."

"그래야지. 자, 건배하자고. 이 과장이 추진하는 자원개발사업의 성공을 위해서 말이야."

김창원의 건배 제의에 이중호와 박명준이 밝은 표정으로 잔을 들었다. 박명준은 이중호와 마찬가지로 자원개발사업을 도약의 발판으로 삼고 싶어 했다.

이대수 회장의 결재가 떨어지면 박명준은 필립스코리아를 벗어나 자원개발사업에 참여할 계획이다.

Chapter 6

　대학생으로 보이는 젊은 사람들이 신촌 그레이스백화점 앞으로 길게 줄지어 있었다. 백화점에서는 대학생들을 대상으로 무선호출기 할인 행사를 펼치고 있었다.

　삐삐는 93년 8월 가입자가 200만 명이 넘어서 2,117,000명에 이르렀다.

　삐삐의 대중화가 이루어져 가는 시점이었고, 대학생들까지 삐삐를 구매하려는 추세였다.

　"행사 상품은 여기 7개 제품입니다."

　무선호출기 할인 행사라는 큰 현수막과 함께 백화점 앞

으로 임시 가판과 천막을 설치하고서 손님을 맞이하고 있었다.

할인 행사를 하는 무선호출기들은 대부분 투박한 형태로 작년 초에 출시된 것들이었다.

"이 제품은 뭐예요?"

할인 행사가 이루어지는 무선호출기가 마음에 들지 않은 여학생이 판매 직원에게 옆에 진열된 삐삐를 손가락으로 가리키며 물었다.

"이건 블루오션에서 새롭게 출시된 큐브라는 제품입니다. 이렇게 앞으로 밀어주면 자신이 원하는 케이스로 교체할 수 있습니다."

판매 직원이 큐브의 케이스를 밀어서 벗겨낸 다음 앞에 놓인 파란색으로 교체했다.

"와! 되게 신기하다."

"기본으로 제공하는 케이스 말고도 다양한 케이스를 구매하셔서 교체할 수 있습니다."

"케이스를 별도로 살 수 있다고요?"

"예, 5층에 있는 닉스매장에서 별도의 케이스를 판매하고 있습니다."

"큐브라고 했나요? 가격은 얼마예요?"

"예, 가격은 10만 5천 원입니다. 케이스의 색상은 일곱 가지로 기본적으로 두 가지를 선택할 수 있습니다."

"생각보다 비싸지가 않네. 이걸로 할게요. 색상은 빨간색하고 노란색으로 주세요."

여학생은 가격을 확인한 후 곧바로 큐브를 구매했다.

"이건 큐브 케이스 할인 쿠폰입니다. 이걸 가지고 가시면 케이스를 20% 할인해서 구매하실 수 있습니다."

판매원이 큐브와 할인 쿠폰을 건네주자 여학생은 닉스매장이 있는 백화점 안으로 향했다.

이러한 일은 다른 행사장에서도 똑같이 벌어지고 있었다.

젊은 층이 좋아할 만한 디자인을 갖춘 큐브는 케이스를 바꾸면 다양한 개성을 표출할 수 있게 만들어졌다.

"와! 정말 깜찍하다."

귀여운 고양이 캐릭터가 들어간 케이스를 집어 든 여자가 곧바로 자신이 구매한 큐브의 케이스를 교체해 보았다.

"난 이게 마음에 드는데."

여자와 함께 닉스매장을 찾은 남자가 선택한 것은 빈센트 반 고흐의 그림이 그려진 케이스였다.

매장에 선보인 케이스는 25가지였다. 블루오션에서는 매달 새로운 케이스가 22가지씩 선보일 예정이었다.

닉스매장에서 선보인 교체용 큐브 케이스 중 인기 제품들은 며칠이 되지 않아 모두 팔려 나갔다. 큐브를 구매한 사람들 중 대다수가 케이스를 서너 종류별로 사 갔기 때문이다.

큐브는 일절 광고를 하지 않았다.

그런데도 자신만의 개성을 표현하고 싶은 젊은 층에 입소문이 빠르게 퍼져 나갔다.

큐브는 대학가에 유행을 몰고 왔다. 자신의 큐브를 일부러 보이기 위해 호주머니가 아닌 외부에 부착하거나 가방에 매달고 다니는 사람들도 있었다.

＊　　　＊　　　＊

필립스코리아의 박명준은 자신의 책상에 올려진 블루오션의 신제품 큐브를 살펴보고 있었다.

"후우! 이런 생각을 어떻게 한 거야?"

자신도 모르게 한숨을 내쉬는 박명준이었다. 필립스코리아의 신제품인 퍼펙트가 시장에서 선전하고 있었지만, 큐브의 등장은 등골이 오싹할 정도로 충격이었다.

퍼펙트보다도 1만 원이 비쌌지만, 큐브는 젊은 층을 파고들 만한 충분한 매력이 있었다.

케이스 교체!

무선호출기를 생산하는 그 어떤 회사들도 생각하지 못한 파격적인 제품을 블루오션이 들고 나온 것이다.

책상에서 펼쳐진 서로 다른 25개의 판매용 케이스는 충분히 구매 욕구를 불러일으키게 만들어졌다.

"이런 방식으로 케이스를 별도의 상품으로 상품화시키면 무선호출기의 판매도 늘어날 수밖에……."

귀엽고 깜찍한 케이스를 사거나 교체하고 싶어서 큐브를 구매하는 사람들도 생겨나고 있었다. 또한 기존에 멀쩡한 무선호출기를 사용하던 사람들도 큐브를 구매했다.

케이스 교체라는 놀라운 아이디어 제품으로 블루오션이 새로운 패러다임 만들어낸 것이다.

"후후! 정말이지 당해낼 수가 없구나."

박명준은 허탈한 웃음이 나왔다.

필립스코리아에서 상당 기간 공을 들여 개발을 진행했던 퍼펙트를 단숨에 뛰어넘은 제품이었다.

큐브가 등장하자마자 비슷한 가격대를 형성하고 있는 퍼펙트와 다른 회사의 무선호출기 매출이 떨어지기 시작했다.

박명준은 기획전략팀에 대응책을 지시했지만, 큐브는 시장의 판도를 바꿀 수 있는 무선호출기였다.

"비슷한 제품을 만들 수도 없겠어……."

박명준의 말처럼 큐브는 가장 편하고 쉬운 방법으로 케이스를 교체하게끔 만들어졌다.

비슷한 제품을 내놓으려는 회사들도 있겠지만 그건 자칫 독이 될 수 있었다.

블루오션의 창의적이고 독특한 디자인을 모방하는 거로 비칠 수 있기 때문이다.

무선호출기 시장에서 앞서가려면 기술과 디자인도 중요했지만, 더욱 중요한 것은 사람들에게 새로움을 심어주는 것이었다.

미국의 애플이 그랬던 것처럼 새로움과 영감을 주는 제품은 블루오션만이 할 수 있고 만들 수 있다는 것을 당연하게 받아들이게 된다면 시장을 선도하는 기업이 된 것이다.

"기어이 강태수가 박명준의 이력에 오점을 남기게끔 해주었네……."

박명준은 답을 찾을 수 없었다. 아니, 큐브를 넘어설 자신이 없었다.

큐브는 대성공이었다.

대학생을 비롯한 젊은 층뿐만 아니라 고등학생들도 큐브를 구매하는 데 동참하고 있었다.

덩달아 명성전자의 생산 라인도 정신없어졌다.

지금까지 블루오션에서 나온 어떤 제품보다도 큐브는 빠르게 팔려 나갔다.

결국 기존 블루오션의 재즈시리즈의 생산을 축소하면서까지 큐브의 생산에 집중할 수밖에 없었다.

교체용 케이스도 생산하기가 무섭게 팔려 나갔다. 닉스가 사용했던 방식대로 큐브의 케이스는 대량으로 제작하지 않았다.

매달 새롭게 출시되는 22가지의 새로운 케이스들은 일정 수량 만들었고, 판매가 모두 이루어진다고 해서 추가로 생산하지 않았다.

그러다 보니 새로운 케이스가 나올 때 판매가 이루어지는 판매점 앞은 북새통을 이루었다.

큐브의 인기가 폭발하자 발 빠르게 큐브의 케이스를 불법적으로 만들어 용산전자상가와 세운상가 등에 공급이 이루어졌지만, 품질과 디자인에서 큰 차이를 보였다. 더구나 법무 팀에서 즉각적으로 대응하여 불법 공장에서 만들어진 케이스들은 경찰에 압수되었다.

이러한 소식들이 뉴스를 통해 방송되자 큐브의 인기가 더욱 치솟았다.

큐브의 케이스들도 닉스의 신발처럼 판매가보다 몇천 원씩 더 받고 재판매되었으며, 케이스를 대량으로 구매해서 아예 큐브 케이스 전문점을 내는 사람들도 있었다.

큐브 케이스에 대한 열기가 과열되자 닉스 판매점마다 한 사람당 3개까지만 살 수 있게 했지만 소용이 없었다.

"닉스 매장에서는 더 이상 감당이 안 될 것 같습니다. 한편으로는 큐브와 케이스를 판매하고 싶다는 전화가 끊임없이 걸려오고 있습니다."

블루오션의 영업부서를 맡고 있는 최우식 부장의 말이었다. 그의 말처럼 닉스 판매장에 사람이 너무 몰려서 문제가 되고 있었다.

또한 대리점을 열고 싶어 하는 사람들의 문의가 빗발쳤다.

"본사에서 직접 운영하는 판매점 형태로 검토해 보세요. 제품도 판매하고, A/S도 동시에 할 수 있게 말입니다."

무선호출기의 대중화와 함께 앞으로 몇 년 후면 세계 최초로 CDMA(코드분할다중접속)가 한국에서 상용화되어 서비스가 시작된다.

그러기 위해서는 블루오션의 서비스망을 갖추어 나야만 했다.

또한 그와 맞물려 현재 퀄컴과 함께 신의주 특별행정구에 반도체 공장을 합작하여 설립할 예정이며, 언론에 발표를 앞두고 있었다.

96년 CDMA의 상용화 성공에 발맞추어 완공될 반도체 공장은 국내는 물론 아시아에 독점적으로 CDMA 휴대폰 모바일 칩을 공급할 것이다.

"본사가 직접 관리하게 말입니까? 그러면 매달 들어가는 비용이 적지 않을 것입니다."

판매 직원과 매장, 그리고 건물을 임대할 비용이 추가로 들어갈 수밖에 없었다.

지금처럼 닉스 매장과 비전전자 판매장, 그리고 기타 판매장을 이용한 판매 방식에는 그다지 추가 비용이 발생하지 않았다.

대기업이나 중견 기업처럼 다양한 제품군을 공급하지 못했던 블루오션에는 직영 판매장 운영을 피해왔었다.

"이제는 전략을 바꿀 때입니다. 큐브와 케이스의 상품화가 충분히 직영 판매점을 운영할 정도로 이익을 줄 것입니다. 홍대와 신촌, 종로, 강남 등 유동 인구가 많은 지역에 매장을 알아보시고 건물 구매가 가능하면 매입을 하는 방향으로 가십시오."

이 지역들의 부동산은 앞으로도 계속해서 상승할 것이다. 차라리 임대보다는 건물을 사들여 다른 회사들과 함께 사용하는 것이 오히려 나았다.

"예, 바로 알아보겠습니다."

최우식 부장이 나간 후 나는 곧바로 여의도로 향했다. 소빈뱅크 한국 지점이 여의도에 새롭게 자리를 잡았기 때문이다.

* * *

소빈뱅크 서울 지점은 청운빌딩 1층에 마련된 지점 외에도 한강이 보이는 30층에도 별도의 사무실을 마련해 놓았다.

이곳은 내가 업무를 보거나 중요 인물들을 만나는 장소로 활용되었다.

"1차로 5억 달러를 준비했습니다."

서울 지점을 맡고 있는 그레고리의 말이었다.

"수고했습니다. 닉스와 도시락으로 입금하십시오."

"같은 금액으로 입금을 할까요?"

"아니, 도시락에 3억 달러, 닉스에 2억 달러를 하는 게 좋겠습니다."

"예, 그대로 진행하겠습니다."

그레고리가 고개를 숙인 후 내가 쓰고 있는 방에서 나갔다.

두 회사는 소빈뱅크에서 빌린 돈으로 룩오일이 진행하는

시베리아 송유관과 가스 수송관의 지분을 사들일 예정이다.

러시아에 돌발적인 상황이 발생하더라도 송유관과 가스 수송관을 지키려는 조치였다.

갑작스럽게 푸틴과 같은 독재자의 등장으로 룩오일이 국영화되는 것을 방지하고 국내 회사들의 투자 이익을 극대화 시키려는 방법이기도 했다.

앞으로 룩오일은 막대한 이익을 벌어들일 것이다. 또한 사하공화국에 중점적으로 사업을 펼치고 있는 노바테크를 룩오일과 합병할 계획이다.

두 회사가 합병하면 러시아에서 가장 큰 에너지 기업인 가즈프롬을 넘어서게 된다.

새롭게 인수가 진행 중인 유코스(Yukos) 또한 정유 공장과 주유소 외에도 천연가스를 생산하고 있었다.

인수가 끝나면 유코스의 천연가스전들도 룩오일에서 인수할 것이다.

유코스는 오로지 원유 정제와 주유소 운영을 통한 판매에 주력하게 될 것이다.

앞으로 20억 달러를 더 들여서 닉스E&C와 블루오션도 룩오일의 지분을 사들일 계획이다.

"적어도 30%는 가지고 있어야겠지."

옐친 대통령이 통치하는 6년간은 러시아의 기업들에 별다른 문제가 없었다. 문제는 옐친이 물러난 후 등장하는 블라디미르 푸틴이이었다.

그는 현재 상트페테르부르크 해외위원회 위원장을 맡고 있었다.

한때는 세르게이 비서실장을 선택하여 정권을 잡을 수 있도록 힘을 보탤까도 생각해 보았지만 요즘 들어 세르게이는 돈에 대한 욕심이 과할 정도였다.

그가 정권을 잡게 되면 러시아가 불행해질 것이 눈에 보였다. 또한 러시아 마피아들이 기승을 부리고 있는 시점에서 세르게이는 자신의 욕심으로 인해 강력한 통치를 하지 못할 것이다.

세르게이는 나에게서 받은 자금 외에도 상당수의 외국 기업과 마피아와 연관된 회사들에서도 뇌물을 받아 챙기고 있었다.

세르게이가 큰 욕심을 부리지 않았다면 그와의 관계를 지속해서 가져갔을 것이다.

"음, 푸틴을 만나야 할 시점일까? 세르게이의 욕심이 너무 과하니……."

블라디미르 푸틴과는 아직은 만나지 않았다. 여러 날을 고민한 끝에 역사의 큰 줄기를 뒤바꾸는 것은 옳지 않다는 결론을 내렸다.

푸틴이 원래의 역사대로 옐친의 눈에 띌 수 있게 하고 권력을 잡도록 도움을 준다면 그와의 관계도 나쁠 것 같지 않다는 생각이 들었다.

"상트페테르부르크에서 중고 자동차 사업을 시작했으니, 만나기는 해야겠지…….''

상트페테르부르크에 진출하는 코사크와 중고차 사업을 진행하는 시점에서 그와 인사를 나누는 것도 나쁘지 않았다.

의자에서 일어나 한강을 바라보았다.

유유히 서울을 가로질러 흘러가는 한강의 빛깔이 오늘따라 유난히 파랗게 비쳐 보였다.

유람선을 탈 수 있는 선착장은 평일임에도 불구하고 사람들이 많았다.

서울의 모습은 무척이나 역동적이었다.

*   *   *

대산증권이 있는 여의도 대산빌딩 9층에 자원개발사업부가 새롭게 구성되었다.

총 30명의 인원으로 출발한 자원개발부는 대산그룹의 차

세대 먹거리를 위한 전략사업부라고 볼 수 있었다.

책임자는 필립스코리아의 대표였던 박명준이었고, 그의 밑으로 이중호가 부팀장의 직함으로 함께했다.

이중호는 과장에서 차장으로 승진해 자원개발사업부의 두 명의 부팀장 중 하나를 맡게 되었지만, 실질적으로 자원개발사업부는 박명준과 이중호가 이끌어가는 체제였다.

"이제 사업부도 꾸려졌으니, 제대로 해봐야죠."

"그래야겠지."

이중호의 말에 대꾸하는 박명준의 표정은 그다지 좋아 보이지 않았다.

"아직도 마음에 두고 계시는 것입니까? 무선호출기 시장에서 블루오션을 괴물로 취급하지 않습니까. 형님이 잘못하신 것은 없습니다."

둘만 있을 때 이중호는 박명준을 형님으로 불렀다. 그만큼 박명준을 믿고 의지했다.

"잘못이라……. 지금껏 그렇게까지 노력해 본 적이 없었는데……. 블루오션이 생각하고 만들어낸 제품을 필립스코리아는 만들지 못한 게 잘못이라면 잘못이겠지."

박명준은 필립스코리아를 떠나 자원개발사업부 맡게 되었다. 그동안 필립스코리아의 실적을 보면 그다지 나쁘지는 않았다.

하지만 블루오션이 무선호출기 시장에 뛰어들고 나서부터 필립스코리아는 더 이상 시장을 주도하지 못했다.

더구나 이상하리만치 두 회사의 신제품이 나오는 시기가 겹쳤고 그때마다 블루오션에게 필립스코리아는 번번이 패했다.

"형님도 강태수를 높게 보고 있지만 전 아닙니다. 그 친구가 이루어낸 것은 그걸 해낼 수 있는 인물들을 운 좋게 만났기 때문일 뿐입니다."

"나도 처음에는 그렇게 생각했었지. 한데 그러기에는 운이 너무 좋아. 운이라고 취급하기에는 블루오션에서 만들어낸 제품들도 뛰어나고 말이야."

"하하하! 운도 실력이라고 말해야 하나요? 모든 제품을 강태수가 만들어낸 것이 아니잖습니까. 제가 볼 때는 제품보다는 마케팅 능력이 좋았던 것입니다. 아마 강태수에게 누군가가 있는 것 같습니다."

"강태수의 능력이 아니라 그를 돕는 제삼자가 있다는 말인가?"

박명준은 지금까지 그런 생각을 해보지 않았다.

"그렇지 않고서는 지금까지 강태수가 이루어낸 것을 설명할 수 없습니다. 아무리 천재라고 해도 이건 도가 지나치니까요."

'중호의 말도 일리가 있어. 지금의 나이에 생각할 수 없는 것들을 해낸다는 게……. 더구나 경험하지 못하면 알지 못하는 것들도 문제없이 해내는 걸 보면 가능성이…….'

사람은 누구나 경험을 통해서 배우고 발전해 나간다. 경험을 통하지 못하면 절대 알 수 없는 일들이 있고, 그걸 학교나 책에서는 배울 수가 없었다.

"음, 그럼 그게 누굴까? 마치 지금의 이동통신 시장을 훤하게 꿰뚫어 보는 것처럼 행동하니까 말이야. 난 이번에 블루오션에서 새로 나온 큐브를 보면서 넘어설 수 없는 벽을 만난 느낌이었거든."

"찾아봐야지요. 그 친구 뒤에서 모든 걸 조종하는 인물을요. 분명 어느 순간 본모습을 보일 것이 분명합니다. 강태수를 앞세워 이슈를 만들고 사람들의 관심을 유도하고 있으니까요."

'그래, 중호의 말이 틀리지는 않아. 그러지 않고서는 설명할 수가 없는 일들이 너무 많았어. 대중들이 원하는 것을 그렇게까지 파악할 수 있다는 게 사실 믿기지 않아…….'

박명준이 이끌었던 필립스코리아에는 자신이 보기에도 뛰어난 인재들이 많았다.

그들이 밤을 새우면서 만들어 내고 준비했던 일들이 단한 사람 때문에 좌절되었다는 게 현실성이 없었다.

    마케팅을 전문적으로 전공하고 많은 경험을 했던 친구들도 혀를 내미는 블루오션의 전략이 강태수의 머리에서 다 나왔다는 것도 믿을 수 없는 이야기였다.

    "음, 거기까지 생각해 보지 않았었는데 듣고 보니 틀린 말이 아니야. 제삼자가 강태수의 뒤를 봐주고 있다고 해야 하나? 아니면 그 친구를 이용하는 걸까?"

    "이용하는 거겠지요. 태수를 만나 몇 번 이야기를 나누어 보았지만, 현실을 너무 모르고 있더군요. 이 나라와 세상이 어떻게 돌아가고 있는지를 말입니다."

    "강태수가 학교 후배라고 했지?"

    "예, 과하게 잘 포장된 후배지요. 세상과 현실이 요구하는 것을 외면하는 자칭 이상주의자이기도 하고요. 아버지도 강태수의 포장된 이미지에 현혹되신 것입니다."

    이중호는 강태수를 좋게 보지 않았다. 아니, 그의 말투를 보면 적대적으로 대하고 있다는 인상마저 주었다.

    "회장님이 강태수를 좋게 보고 있는 것 같기는 하더군."

    "조금만 지나면 강태수의 한계를 보게 될 것입니다. 아니, 그 친구를 조종하는 인물을 보게 되겠지요."

    이중호는 확신하듯 말했다. 박명준은 왠지 그 말이 틀리지 않을 것 같다는 생각이 들었다.

닉스커피의 고영환 본부장이 한국에 들어왔다.

내가 콜롬비아를 떠날 때 고영환 본부장은 베네수엘라로 이동했었다.

"고생이 많으셨습니다."

한국을 떠났을 때와 달리 고영환 본부장의 얼굴이 까맣게 타 있었다.

"하하! 아닙니다. 전화로 말씀드린 대로 베네수엘라의 11개 농장을 사들였습니다. 이 정도면 앞으로 미국과 캐나다는 충분히 커버할 수 있을 것 같습니다."

농장 구매에 들어간 비용은 115만 달러밖에 들지 않았다. 베네수엘라는 남미에서 가장 많은 원유를 생산하는 나라였다.

원유 값이 상승하고 있는 이때 커피 농장보다는 석유산업과 연관된 분야에서 일하는 것이 수익 면에서 훨씬 나았다.

그러다 보니 커피 농장에서 일하던 사람 상당수가 마을을 떠나 석유 산업과 연관된 도시로 떠났다.

커피 농장에서 일할 사람이 부족하다 보니 괜찮은 농장들이 하나둘 매물로 나오고 있던 상황이었다.

"농장에서 일할 인력들이 모자라는 것은 해결했습니까?"

"예, 농장들과 가까운 마을에 학교와 병원을 세우니까 자연스럽게 문제가 해결되었습니다. 대표님이 말씀하신 대로 급료도 기존보다 올려주었습니다."

베네수엘라 사람들이 자신이 살던 고향을 떠나는 것은 돈 문제도 있었지만, 삶의 기본이 되는 교육과 의료 혜택을 받을 수 없었던 이유 때문이기도 했다.

11개의 농장이 있는 지역에 학교와 병원을 설립하자 다른 지역에서 사람들이 모여들었다.

"잘하셨습니다. 그동안 고생이 많으셨는데, 며칠 푹 쉬십시오."

고영환 본부장은 한국에 들어오기 전 미국에 들러서 닉스커피의 현지 매장들과 사무실을 모두 갖추고 들어왔다. 한 달 보름 동안 정신없이 보낸 것이다.

"저도 생각 같아서는 쉬고 싶은데, 일복이 터져서요. 한국에 들여온 원두커피도 처리해야만 합니다."

콜롬비아에서 부레야 호에 싣고 온 원두커피 절반을 한국에 들여왔다. 나머지 절반은 러시아에서 판매가 이루어졌다.

러시아도 적지 않은 커피 애호가들이 있었고, 자본주의 경제가 들어서면서 커피를 찾는 사람들도 늘어나는 추세였다.

"제가 고 본부장님을 쉬지도 못하게 만들었네요."

"하하! 아닙니다. 좋은 커피를 우리나라 사람들도 자주 접해야 합니다. 그래야 그동안 우리가 마시던 커피가 얼마나 형편없었는지 알게 됩니다."

커피 예찬론자이기도 한 고영환 본부장은 콜롬비아에서 가져온 원두의 품질을 무척이나 마음에 들어 했다.

그도 그럴 것이 부레야 호에 실었던 원두는 콜롬비아에서도 최고 품질이었다.

"강남역 근방의 7층 건물을 매입했습니다. 그곳에 닉스 커피 매장을 설립하는 것은 어떻겠습니까?"

블루오션의 판매장을 설립하기 위해 강남에 건물을 매입했다. 블루오션만이 아니라 닉스 판매장도 들어설 계획이었다.

현재 닉스커피의 시초가 된 닉스 본사의 커피 매장과 홍대 닉스 판매장에 새롭게 들어선 커피 매장이 있었다.

두 군데 다 커피를 전문적으로 판매하기보다는 닉스 매장을 방문하는 고객을 위해서 만든 매장이었다.

"하하! 저야 좋지요. 이런 좋은 원두로 만든 커피를 마시면 절대 이 맛에서 헤어 나오지 못할 것입니다."

"그럼 이참에 한국에도 닉스커피를 설립하시지요."

원래 계획은 3~4년 후 미국을 거쳐 한국에 들어올 생각이었다.

"그럼 매장은 홍대와 강남, 그리고 가로수길만 가져가시지요. 본격적인 매장 확장은 미국에서 성공을 거두고 시작하겠습니다."

"맛보기로만 하자는 말씀입니까?"

"예, 그 정도로만 진행하시지요. 일단은 미국에서의 성공이 우선이니까요."

고영환 본부장의 생각은 확실했다. 닉스커피를 미국에서 최고로 올려놓고 더 나아가 세계 제일의 커피 회사로 키우겠다는 말이다.

그건 나의 뜻이기도 했다.

Chapter 7

10월 초였지만 제주도의 햇볕은 따가웠다.

제주도가에 간 이유는 닉스E&C에서 짓기로 한 닉스호텔이 들어설 부지를 둘러보기 위해서였다. 호텔은 중문관장단지 부지에 짓기로 했다. 닉스호텔이 들어설 자리는 원래대로라면 롯데호텔과 한국콘도가 들어설 자리였다.

10억 달러에 이르는 풍부한 자금을 이용해 호텔 부지를 사들일 수 있었다.

중문단지에는 이미 하얏트와 신라호텔이 자리를 잡고 있었다.

125,000㎡(37,812평)의 부지에 550개의 객실과 37개의 스위트실, 실내외 수영장이 4개, 카지노, 10개의 연회장, 한식, 일식, 중식, 양식당 등 8개의 식당, 피트니스센터, 2개의 라운지 바 등이 들어선다. 또한 알로사에서 채굴된 다이아몬드를 가공하여 판매하는 파베르제 보석 매장이 들어설 것이다.

파베르제는 알로사의 독자적인 보석 브랜드였다.

5성급 호텔로 지어지는 닉스호텔은 부지면적으로 따져도 옆에 있는 신라호텔보다 1만 평이나 더 컸다. 총 공사비는 2,300억으로 국내 최대 규모였다.

내부 시설도 국내는 물론 아시아에 있는 어떤 호텔보다도 아름답게 꾸며질 것이다.

이를 위해서 미국과 유럽은 물론 전 세계에 손꼽는 호텔들의 장점들과 특징들을 조사했다.

닉스호텔은 세계적인 건축가 중 스리랑카 출신의 제프리 바와에게 설계를 의뢰했다.

그는 관광산업을 발전시키려는 스리랑카 정부의 정책에 의해서 상당히 많은 호텔 프로젝트에 참여했다.

제프리 바와의 가장 큰 특징은 자연을 있는 그대로 받아들이고 자연의 아름다움을 돋보이게 하는 재주를 가지고 있었다.

탄탄한 실력을 지닌 닉스E&C의 설계 팀과 함께 제프리바는 이전에는 볼 수 없는 호텔을 만들어낼 것이다.

"본격적인 공사는 설계가 완성되는 내년 3월부터 시작할 예정입니다."

나보다 하루 먼저 제주도에 내려온 닉스E&C 박대호 총괄이사의 말이었다.

닉스호텔이 들어서는 장소는 바다를 한눈에 조망할 수 있었고 중문색달해변과도 바로 연결할 수 있어 호텔 위치로는 최상이었다.

"다른 호텔은 어디로 선정할 것입니까?"

제주에 2개의 호텔을 세울 예정이었다.

"함덕 해수욕장이 있는 서우봉 해변을 최종적으로 선정했습니다."

새롭게 설립된 닉스호텔을 맡게 된 이형석 대표의 말이었다.

미국 명문대 중 하나인 펜실베이니아대(University of Pennsylvania) 재무학과를 나와 펜실베이니아 경영대학원에서 경영학을 전공한 인물이었다.

그는 세계적인 호텔 체인인 힐튼(Hilton)호텔과 메리어트(Marriott)호텔에서 근무하면서 호텔 경영에 많은 경험을 쌓았다.

또한 그는 미국 법인들을 담당하고 있는 닉스법무법인의 루이스 정의 육촌 오빠이기도 하다.

신규로 호텔 사업에 투자한다는 소식을 전해 들은 루이스 정의 추천으로 이형석을 만나게 되었다.

작년까지 메리어트에 근무했던 그는 올 초부터 회사를 떠나 네팔과 티베트 지역을 돌면서 여행을 하고 있었다.

산을 좋아하는 이형석은 히말라야를 여행할 수 있는 독자적인 여행사를 만들고자 했다.

올해 38살로 보헤미안을 꿈꾸는 그를 닉스호텔로 영입하는 조건은 한국의 산악인들을 후원하는 것과 자신이 선택한 호텔 2개를 사들이거나, 원하는 지역에 호텔을 지을 수 있게 해달라는 것이었다.

어찌 보면 조금은 과한 요구일 수 있었지만, 이형석의 자유로운 정신과 실력이 마음에 들어 수용했다.

"알겠습니다. 모든 것은 이 대표께서 알아서 진행하십시오."

"예, 회장님께 멋진 모습을 보여드리겠습니다."

이형석은 나를 회장으로 불렀다. 그도 그럴 것이 나를 대표라고 부를 수 없었다.

11월 말에 정식적으로 닉스E&C의 대표로 올라서는 박대호도 나를 회장으로 부르긴 마찬가지였다.

나 또한 11월에 있을 운영기업들의 대표자 선출 회의 때 공식적인 회장으로 취임할 예정이다.

현재 국내에서 운영되는 기업들은 닉스, 닉스커피, 닉스호텔, 닉스E&C, 도시락, 블루오션, 명성전자, 비전전자와 비전전자부품 등이었다.

러시아에서 운영 중인 기업들도 대표자들을 선임할 예정이었다. 미국에는 닉스와 닉스커피가 현지에서 미국 법인을 설립한 상태였고, 중국에는 블루오션상하이만 존재한다.

제주의 바다는 눈부시게 푸르렀다. 새롭게 시작되는 닉스호텔의 앞날처럼 말이다.

*   *   *

북한 신의주 특별행정구에 설립하기로 한 퀼컴의 반도체 공장은 미국 정부에서 허가를 내어주지 않고 있었다.

북한의 특수성과 첨단반도체 칩에 대한 공산권으로의 기술 유출에 대한 우려 때문이었다.

남북한의 관계는 어느 때보다 좋았지만, 미국의 입장에서는 딱히 달라질 것이 없었다.

더구나 남북한에 감도는 평화 기류 또한 한반도에 미국

의 영향력을 감소시킬 수 있는 상황이었다.

하지만 북한 외무상인 백남순과 김평일의 동생인 김영일의 미국 방문으로 실마리가 풀렸다.

북한의 실권자로 등극한 김평일의 친서를 가지고 갔던 백남순과 김평일은 미국 국무부와의 협상에 이어 UN을 방문해 북한은 동북아의 평화를 위해 핵을 포기한다는 발언과 연설을 했다.

북한의 비핵화에 힘을 쏟고 있던 민주당의 빌 클린턴 정부에게는 더할 나이 없는 호재였다.

미국은 북한에서 생산되는 퀄컴 반도체 칩의 북한 내 공급을 할 수 없다는 조건을 달고 허가했다.

아직 퀄컴에서 생산하려는 CDMA 통신용 칩은 상용화가 되지 않았다는 점도 고려된 점이었다.

"신의주 특별행정구에 설립될 반도체 공장의 공사 기간은 3년입니다. 생산된 칩은 전량 국내와 미국으로……."

블루오션 본사에서 신의주 특별행정구 내의 퀄컴 반도체 공장 설립과 관련된 기자회견이 진행되었다.

북한에 첨단 반도체 공장이 지어진다는 이야기에 여러 신문사와 방송국에서 관심을 가지고 취재를 하러 왔다.

하지만 일반 국민들은 퀄컴의 반도체 공장이 북한에 지어진다는 것에 대해 그다지 관심을 두지 않았다.

퀄컴이라는 회사가 어떤 곳인지, 반도체 공장에서 무얼 생산하는지도 사실 국민이 관심을 가질 만한 상황은 아니었다.

그러나 통신 업종에 연관된 회사들은 큰 충격으로 받아들였다. 한편으로는 블루오션을 우려의 시선으로 보는 회사들도 있었다.

블루오션이 통신 업계에서 차지하는 비중은 아직은 대기업만큼은 아니었다.

무선호출기 큐브의 인기로 시장점유율 1위를 달리고 있던 모토로라를 바짝 뒤쫓고 있었지만, 반도체 공장 설립에 투자되는 자금을 조달할 정도로 큰 회사가 아니었기 때문이다.

"하하! 이거 정말 뭐라고 해야 할지 모르겠네."

신문을 통해서 블루오션의 발표를 접한 박명준이 묘한 표정으로 말했다.

"제가 볼 때는 한참 잘못된 투자입니다. 아직 상용화도 되지 않은 상황에서 통신용 반도체 공장을 만든다. 이것 완전히 주택복권 1등 당첨을 바라는 것 아닙니까?"

박명준의 말에 이중호가 커피 잔을 입으로 가져가며 말했다. 이중호도 CDMA가 어떠한 것이라는 것은 대략 알고 있었다.

"음, 그렇긴 한데. 항상 블루오션이 진행하던 일들은 결과가 좋아서 말이야."

박명준의 생각도 이번 건은 블루오션이 무리한다는 모양새로 받아들였다.

막대한 자금이 들어가는 반도체 공장 설립도 문제였지만 칩을 생산해도 당장 사용할 수 있는 곳이 한정되었기 때문이다.

퀄컴과 한국의 한국전자통신연구원 등이 주체가 되어 CDMA의 상용화를 위해 공동 연구를 진행하고 있지만, 성공 가능성을 장담하지는 못했다.

하지만 만약 성공한다면 블루오션은 독점적인 CDMA 통신 칩셋에 대한 공급 업체가 되는 것이다.

"블루오션이 얼마나 돈을 버는지는 모르겠지만, 공사 자금 투입만 보더라도 웃음이 나오더군요."

블루오션은 퀄컴과 함께 반도체 공장에 10억 달러를 투자한다고 발표했다. 10억 달러는 대기업에서도 쉽게 조달할 수 없는 금액이었다.

"난 공사 대금보다 퀄컴과 계약을 할 수 있었던 자체가 궁금해. 대기업은 물론이고 필립스코리아도 퀄컴과 접촉을 했었는데 원하는 결과를 얻지 못했지."

박명준의 말처럼 정부가 차세대 이동통신 방식을 CDMA 방식으로 결정해 발표하자 삼성, 선경, 현대전자, 럭키금성 등 대기업이 퀄컴과 합작을 타진했었다.

그러나 퀄컴은 합작 파트너가 이미 정해졌다는 말로 모두 거절했다.

"듣고 보니 그러네요. 어떤 조건을 제시했길래 퀄컴이 중소업체인 블루오션을 선택했을까요?"

이중호는 블루오션을 작은 회사로 취급했다.

'정말이지 누군가의 도움이 아니라면 할 수 없는 일이야. 누군가 적극적으로 강태수를 밀어주고 있다는 것인데……'

이번 일로 인해 박명준은 강태수의 뒤에 누군가가 있다는 확신이 들었다.

"이전에 네가 한 말처럼 제삼자가 나선 거겠지. 현재의 블루오션의 규모로는 반도체 공장 설립은 도저히 감당할 수 없는 일이야."

"이젠 강태수가 뭘 할지보다는 태수를 이용하는 인물이 무척 궁금해지네요."

이중호도 박명준의 말에 공감하며 고개를 끄떡였다.

"나중에 가보면 알겠지. 자, 우리도 회장님께 보고하러 가야지. 이번 출장에서 룩오일과 좋은 계약을 이끌어내야

하니까."

박명준은 자신의 책상에서 보고서를 챙기며 말했다. 보
름간 자원개발사업부의 인원들이 매일 야근하면서 만들어
낸 최종 보고서였다.

*   *   *

신의주 특별행정구는 이른 아침부터 늦은 밤까지 쉴 새
없이 건설 중장비들이 오가며 굉음을 쏟아내고 있었다.

건설 자재를 실은 트럭들도 끝없이 공사장을 오가고 있
었다.

"행정구 내의 기초 공사들은 모두 끝낸 상황입니다."

신의주 특별행정청의 이태원 행정 차장의 말이었다.

"공사 인력의 수급은 문제없습니까?"

현재 특별행정구 내 73곳에서 공사가 벌어지고 있었다.
내년에 추가로 32곳이 공사가 진행될 예정이었다.

"예, 현재까지는 문제없이 공사가 진행 중입니다. 하지만
내년에 추가로 공사가 시작되면 새로운 인력이 필요합니
다."

대규모 공사들이 사방에서 진행되고 있었고, 내일은 블
루오션의 반도체 공장의 착공식이 있을 예정이다.

"모든 공사에 차질이 없도록 북측에 인력 수급을 요청하도록 하세요. 다른 특별한 상황은 없습니까?"

"알겠습니다. 예, 별다른 상황은 없습니다만, 연변에 거주하고 있는 조선족 대표가 신의주 공사에 자신들도 일할 수 있게 해달라고 찾아왔었습니다."

한중 수교가 이루어진 후에 중국에 거주하는 조선족들이 새로운 삶을 위해서 한국을 대거 방문하고 있었다.

중국이 변화하고는 있지만, 연변 지역은 아직 변화가 그다지 느껴지지 않았다.

"음, 북측이 문제 삼지 않으면 한번 검토해 보세요. 공사가 차질 없이 진행하려면 숙련된 인력 공급이 필수니까요."

대규모 공사들이 진행되고 있는 상황에서 북한이 준비한 인력들은 이미 공사에 다 투입된 상태였다.

더구나 김평일이 권력을 잡은 후부터 실생활에 밀접한 공사들이 북한 전역에서 벌어졌다. 그 때문인지 건설 인력에 대한 수급이 계획했던 것보다 조금씩 늦어지고 있었다.

"예, 협의를 해보겠습니다."

하루가 다르게 변하고 있는 신의주 특별행정구는 북한의 어느 지역보다 활기찼다.

이곳에서 일하는 북한 근로자들은 영양가 있는 음식과 충분한 급료를 받고 있었다.

한국에서 들어오는 풍부한 물자로 인해서 신의주시의 시장은 오일장에서 상설 시장으로 바뀌었고, 중국에서도 찾아와 한국산 물품을 구매하고 있었다.

비핵화 선언을 공식적으로 천명한 북한은 그동안 미국을 비롯한 세계 여러 나라에서 받아왔던 경제 제재가 풀리자 한층 식량 상태가 좋아지고 있었다.

올해도 곡물 작황이 좋지는 않았지만, 핵 포기에 따른 미국의 식량 원조가 들어오자 지방에도 상황이 조금씩 나아졌다.

현재 신의주시는 북한 내에서 평양과 함께 가장 많은 물자가 공급되는 지역인 것이다.

퀄컴의 반도체 공장 착공식에는 퀄컴을 이끄는 어윈 제이콥스 대표가 참석했고, 북한에서는 경제 정책을 총괄하는 김달현 정무원부총리 겸 국가계획위원장이, 한국에서는 김진현 과학기술처 장관이 참석했다.

북한 지역에 세워지는 첫 번째 반도체 공장이라는 의미와 한편으로는 CDMA 칩셋에 본격적인 생산 라인의 구축이라는 상징성이 컸다.

참석자들이 동시에 발파 버튼을 누르자 쾅! 하는 소리와 함께 흙무더기가 하늘로 솟구쳤다.

언론에는 퀄컴과 공동 투자라고 발표했지만, 반도체 공장에 들어가는 투자금 대부분은 블루오션에서 조달하는 것이었다.

"정말이지 강 회장님께서 해내실 줄 몰랐습니다."

어윈 제이콥스가 블루오션과 합작을 결정한 후 북한 지역에 반도체 공장이 설립될 줄은 전혀 예상 밖의 일이었다.

더구나 공산권에 첨단 기술을 유출을 방지하기 위한 미국 정부와 의회에 허가를 받아낼 수 있었던 점도 놀라운 일이었다.

"생각을 바꾸면 불가능한 일은 없습니다. 이곳 신주의 특별행정구는 미 정부에서 생각하는 것만큼 위험이 가득한 곳이 아닙니다. 이곳에서의 변화가 북한은 물론이고 동북아에 큰 패러다임을 가져올 것입니다."

"저도 이곳에 와보고 나서야 언론에 알려진 거와는 다르다는 걸 깨달았습니다. 말씀하신 것처럼 퀄컴의 아시아연구소를 신의주 특별행정구에 둘 수 있도록 적극적으로 검토하겠습니다."

퀄컴은 제조 공장이나 시설이 아닌 기술적인 첨단 연구 분야에만 집중적으로 투자하는 기업이었다.

퀄컴은 미국 외에 새로운 연구소를 설립할 계획을 하고 있었다.

"연구소를 이곳에 두시면 실질적인 여러 혜택이 어느 나라보다 좋을 것입니다."

블루오션과 신의주 특별행정구를 위해서라도 퀄컴의 연구소를 이곳에 유치하는 것이 좋았다.

퀄컴의 CDMA 기술이 상용화된 후 북미와 라틴 아메리카, 동유럽, 한국을 포함한 아시아 등지에서 이동통신의 표준 방식으로 사용되었다.

"하하하! 알겠습니다. 강 회장님을 봐서라도 제가 적극 나서겠습니다."

어윈 제이콥스는 긍정적인 신호로 볼 수 있는 대답을 했다. 퀄컴의 모든 권한은 그에게 집중되어 있었다.

김진현 과학기술처 장관과 회담을 마친 김달현 정무원부총리와 만남을 가졌다.

"강 장관님께서는 기적을 만들어내시는 것 같습니다. 신의주가 이렇게 바뀌리라고는 상상을 하지 못했습니다."

김달현은 경제적인 문제로 자주 중국을 방문해 중국의 변화를 직접 눈으로 확인한 대표적인 인물이었다.

김평일의 등장으로 인민 생활과 경제 문제에 집중하고는 있어도 당장 북한의 살림살이가 좋아지는 것은 아니었다.

그러나 신의주는 하루하루가 달라지고 있었다.

"지금이 시작입니다. 앞으로 중국을 뛰어넘어서 홍콩과 싱가포르와 같은 곳으로 바뀌게 되면 그때는 이곳을 보고 천지개벽이라는 말이 떠오르게 될 것입니다."

"하하하! 강 장관님의 말만 들어도 기분이 좋아집니다. 그리고 이곳에서 일하는 인민들의 표정들은 다들 살아 있었습니다. 정말이지 신의주처럼 생동감 넘치는 곳도 없을 것입니다."

김달현의 말처럼 신의주는 북한의 어느 지역보다도 역동적이었다. 한마디로 식량 문제로 어려움을 당하고 있는 북한의 다른 지역과는 달리 먹고사는 문제가 해결된 곳이었다.

신의주시에는 특별행정구 내의 근로자들을 상대하는 식당들과 술집들이 대거 생겨났다.

식당들은 한국의 번화가를 연상시킬 정도로 불을 밝히며 영업을 했고, 다양한 물품을 파는 상점들도 늘어나고 있었다.

발 빠른 북한 주민들은 신의주에서 물건을 사서 전국 장마당에 내다 팔아 적지 않은 이윤을 얻고 있었다.

"신의주 특별행정구는 심장처럼 북한 전역에 생동감 넘치는 피를 공급할 것입니다. 2년만 지나면 북한 주민들도 몸으로 직접 느낄 정도가 될 것입니다."

"예, 저도 그렇게 되리라는 것을 이곳에 와서 확신할 수 있었습니다."

"그리고 러시아에서 이어지는 송유관이 신의주에 연결되면 또 다른 세계가 펼쳐질 것입니다. 한데 군 주둔 지역 문제는 어떻게 되고 있습니까?"

신의주에서 다시 남쪽으로 이어지는 송유관과 가스 수송관을 설치하려면 휴전선은 물론이고 북한 군대가 주둔 중인 곳을 지나야만 했다.

"빠르게 진행하려고 하는데 군부 쪽 원로들의 반발이 적잖습니다. 그들 중 일부는 아직도 자립 갱생과 강성 대국을 스스로 해낼 수 있다고 믿는 인물들이 있습니다."

북한 군부에서는 자신들이 큰 손해를 보고 있다는 인식이 강했다.

군부를 지원했던 김정일과 달리 경제 분야에 중심을 옮긴 김평일은 행정부에 힘을 실어주고 있었다.

"어리석은 사람들입니다. 중국이 어떻게 변화고 있는지를 모르는 우물 안에 개구리 같은 시야를 가지고 있으니 말입니다. 북한은 지금 변화의 중심에 서 있습니다. 이 기회를 놓치지 않아야 중국 경제의 예속에서 벗어날 수 있습니다."

북한의 아직까지도 중국에서 상당한 양의 식량과 원유를

공급받고 있었다.

"맞는 말씀입니다. 김평일 동지께서도 그 점을 누누이 강조하셨습니다. 송유관 문제도 조만간 해결될 것입니다."

"혹시나 해서 말씀드리는 것인데, 특별행정구에서 벌어졌던 것 같은 군사적인 움직임은 없겠지요?"

신의주 사태 이후 그와 연관된 인물들에 대해 대거 숙청이 이루어졌었다.

"예, 그 점은 염려하지 않으셔도 좋습니다. 김평일 동지에 반발하는 인물들을 모두 솎아내고 있습니다. 올해만 지나면 다시는 엉뚱한 생각을 할 수 없게 될 것입니다."

김평일의 지지 세력이 전면에 등장한 것과는 달리 김정일을 지지했던 세력은 숨죽이듯 수면 아래로 숨어들었다.

더구나 긴 시간 동안 권력의 중심에 섰던 김정일의 세력은 그 시간만큼 뿌리가 깊었다.

"너무 서두르지 마십시오. 천천히 전체를 살펴 가시면서 일을 진행하셔야 합니다. 저들에게 북한이 어떻게 변해 가는지를 보여주어야만 김평일 동지의 권위가 더욱 단단해지는 것입니다. 저들이 사용했던 것처럼 탄압과 억압만이 답이 아닙니다. 검으로 일어난 자는 검으로 망한다는 진리처럼 말입니다."

"하하하! 정말 좋은 말씀입니다. 한데 강 장관님의 모습과 하신 말씀을 도저히 매치할 수가 없습니다. 어떻게 지금의 나이에 이런 큰 깨달음을 얻으셨습니까? 저는 정말 나이를 헛먹은 것 같습니다."

김달현은 호쾌한 웃음과 함께 나의 말을 음미하듯 받아들이는 모습이었다.

"제가 좀 주제넘은 말을 한 건 아닐지 모르겠습니다."

"아닙니다. 지금의 말씀처럼 변화하고 있는 공화국에 알맞은 말씀입니다. 저 또한 경제가 변화하듯이 정치도 그에 걸맞게 바뀌어야 한다는 생각을 하는 사람입니다. 혼란을 가져올 만큼은 아니지만, 지금의 체제보다는 발전된 모습으로 말입니다."

김달현은 북한에서 드물게 깨어 있는 인물이었다.

"부총리와 같이 의식 있는 분이 계시는 한 이 나라는 한층 더 나아갈 것입니다. 언제든지 제가 필요로 하는 일이 있으시면 말씀하십시오. 제가 적극적으로 돕겠습니다."

"하하하! 말만 들어도 힘이 납니다. 저는 강 장관님 같은 분이 이곳에 계신다는 것만으로 힘이 나고 감사합니다. 인민들이 행복하고 잘사는 모습을 보는 것이 제 바람이었는데, 그걸 강 장관님이 신의주에서 보여주고 계시니까요."

김달현 부총리의 말은 진심이었다.

"하하하! 저도 부총리께 칭찬을 들으니까 힘이 나는데요."

"하하하! 그러십니까. 그럼 앞으로 자주 칭찬을 해드려야 겠습니다."

"하하하! 예, 자주 해주십시오."

나와 김달현의 밝은 웃음소리가 사무실 밖으로 퍼져 나 갔다. 호쾌한 웃음소리에 전염되듯이 신의주에서 살아가는 주민들의 입가에도 웃음이 넘쳐나고 있었다.

Chapter 8

　박명준과 이중호의 일행은 모스크바 공항을 빠져나오면서 얼굴이 일그러져 있었다.

　"아직도 이곳은 변한 게 없는 것 같습니다."

　"공산주의의 잔재들이지. 하지만 이 정도일 줄 몰랐어."

　여권과 입국 서류를 다 갖추었는데도 아무런 이유 없이 이중호의 일행은 공항에서 1시간 넘게 붙잡혀 있었다.

　하지만 돈을 주자 곧바로 풀려나올 수 있었다. 이중호의 일행이 기업인이라는 것을 알자마자 보안 직원과 공항 직원들이 짜고 저지른 일이었다.

"돈밖에 모르는 놈들입니다. 모스크바에는 도둑놈들밖에 없다는 말이 정말일 줄 몰랐습니다."

이중호는 화가 단단히 나 있었다. 그가 한국에서 받던 대접이 아니었다.

대산그룹의 후계자인 이중호는 어딜 가든지 대접을 받았고 부러움의 대상이었다.

하지만 러시아에서는 달랐다.

"액땜했다고 여기자고."

"예, 앞으로 좋은 일만 있겠죠."

앞서나간 직원들이 택시를 잡았다. 아직 대산그룹 산하의 회사 중에서 모스크바에 진출한 회사가 없어 이중호의 일행을 맞이해 줄 직원이 없었다.

룩오일과 협상을 위해 모스크바를 찾은 직원은 두 사람을 포함해 모두 다섯 명이었다.

전화기를 부여잡고 있는 박명준은 안색이 좋지 않았다.

"말씀드리지 않았습니까? 저희에게 꼭 필요한 서류가 든 가방입니다. 어떻게든 찾아야만 합니다."

모스크바에 있는 한국대사관에 연락을 취하고 있었지만, 박명준이 원하는 대답을 얻지 못하고 있었다.

모스크바 공항에서 호텔로 오는 택시에서 서류가 들어

있는 가방을 잃어버렸다. 트렁크에서 가방을 꺼내기 위해 내린 사이에 택시 기사가 가방을 가지고 그대로 달아나 버렸다.

"예, 알겠습니다. 기다리겠습니다."

박명준은 신경질적으로 수화기를 내려놓았다.

"뭐라고 그럽니까?"

"후! 경찰에 연락을 취했다고 기다리는 소리뿐이야."

이중호의 물음에 박명준은 한숨을 내쉬며 말했다.

"아! 정말! 이런 개 같은 경우가 연속해서 일어나는지 모르겠습니다."

"대사관에서 모스크바가 위험하니까, 경호원을 꼭 대동하라고 하더군."

"서류 가방을 어떻게든 찾아야지요. 협상에서 필요한 자료들인데."

"찾아야지. 기다려 보자고."

박명준의 목소리는 힘이 없었다. 대사관의 직원이 한 말 중에는 서류 가방을 찾기가 힘들 것이라는 말도 있었지만, 이중호에게는 말하지 않았다.

따르릉!

탁자에 놓인 전화기에서 전화벨이 울렸다. 박명준은 곧바로 전화기를 들어 올렸다.

"여보세요?"

─룩오일의 올렉입니다. 모스크바에 도착했다는 말을 들었습니다.

"예, 도착은 했습니다. 한데 문제가 좀……."

박명준은 오늘 모스크바에서 벌어진 일을 설명하기 시작했다.

룩오일의 니콜라이 이사의 보고를 받았다.

"짐 가방과 서류 가방을 택시 기사에게 도난당했다고 합니다."

모스크바 공항에 있는 택시들은 마피아들과 연계된 택시들이 적지 않았다.

모스크바에서 돈이 되는 곳은 늘 마피아가 기승을 부렸다.

이들 중에서 외국인을 대상으로 귀중품과 돈이 될 만한 물품을 노리는 택시들이 있었다.

"후후! 모스크바가 제대로 환영식을 해주었군요. 코사크에 연락해서 택시를 수배하도록 하세요."

"예, 조치하도록 하겠습니다."

"룩오일에 큰 이득이 없는 것이라면 계약을 할 필요가 없습니다. 그 점을 생각해서 협상에 임하도록 하십시오."

현재 룩오일은 자금적인 부분에서 문제가 없기 때문에

불필요하게 외부에서 자금을 끌어들일 필요성을 느끼지 못했다.

달리 말해 룩오일의 이익을 나눠 줄 이유가 없는 것이다.

"예, 그렇게 하겠습니다."

니콜라이가 방을 나가자 룩오일 신사옥을 공사하기 위해 땅을 파고 있는 공사장을 바라보았다.

현재 사용 중인 스베르를 리모델링하여 사용하고 있었지만, 한계가 있었다.

룩오일을 비롯한 운영 중인 러시아 기업들의 성장이 눈에 보일 정도로 빠르기 때문이었다.

스베르를 중심으로 제일 먼저 공사가 진행 중인 룩오일의 본사 건물은 지하 8층에 지상 47층으로 건설할 예정이다.

그다음으로 알로사와 코사크가 사용할 건물이 올라갈 것이다.

소빈뱅크는 이번에 스베르에 뒤편에 인수한 건물을 리모델링 중이었다.

스베르 건물이 비워지면 도시락과 신규 사업으로 시작한 라두가 중고 자동차 사업 팀이 들어올 것이다.

라두가는 러시아어로 무지개라는 뜻이다.

라두가 중고 자동차에서 판매할 다양한 차량이 3천 대가 미국을 떠나 러시아로 향하고 있었다.

그때 룩오일의 또 다른 이사인 예고르가 들어왔다.

그는 노바테크와의 합병을 책임지고 있는 인물로 룩오일의 대표로 낙점된 상태였다.

"합병과 관련된 모든 상황이 준비를 마쳤습니다. 정부의 허가가 나는 대로 바로 시행할 수 있습니다."

러시아 정부의 허가도 형식적인 것이었다. 이미 사전에 정지 작업이 모두 끝난 상황이었다.

룩오일은 이전부터 러시아 제일의 유전을 가지고 있었다.

코뷔트키스크 가스전을 비롯해 노바테크와 새롭게 인수한 유코스의 가스전까지 흡수하게 되는 룩오일은 단숨에 가즈프롬(Gazprom)을 넘어 러시아 제일의 에너지 기업으로 우뚝 서게 되는 것이다.

룩오일은 전 세계 가스 매장량의 20%를 소유하게 되었으며, 현재 생산량은 6%이지만 코뷔트키스크의 가스전에서 본격적인 생산이 진행되면 10%로 상승할 것이다.

거기에 중국과 한반도로 연결되는 파이프라인이 완공되는 시점에는 14%까지 올라갈 것이다.

사하공하국의 가스전과 연결되는 2차 파이프라인이 진행된다면 전 세계 가스 생산량의 20%까지 늘어난다.

여기에 발견된 코뷔트키스크에서 새롭게 발견된 원유 매장량과 사하공화국 내 탐사지의 원유까지 합해지면 룩오일은 러시아 제일의 공룡 기업으로 재탄생하게 되는 것이다.

룩오일은 현재 신의주 특별행정구 내에 정유공장 설립을 위한 준비도 하고 있었다.

룩오일은 업스트림(시추, 채굴)에서부터 이미 유스코를 자회사로 편입하여 다운스트림(정제, 유통)까지 모두 할 수 있는 체계를 갖추었다.

93년 올해 룩오일의 예상 매출은 158억 달러로 보고 있었다. 한국에는 삼성전자가 처음으로 100억 달러에 육박할 것으로 예상하였다.

한국에서 100억 달러에 이르는 매출을 올릴 수 있는 기업은 포항제철과 현대자동차뿐이었고, 올해는 유일하게 삼성전자만이 100억 달러에 도달할 것으로 보고 있었다.

룩오일은 합병이 끝나고 시스템이 안정화되는 내년의 매출액은 260~310억 달러 사이로 추정하고 있었다.

더구나 룩오일의 이익률은 일반적인 제조 회사들과는 차원이 달랐다.

"닉스와 도시락에서 돈이 들어오면 지분을 넘기십시오."

"예, 준비하고 있습니다."

"그 돈으로 세르게이가 소유한 지분과 나머지 바우처(국민주)들도 사들이십시오."

세르게이 대통령 비서실장이 소유한 룩오일 지분은 1%였다.

"세르게이와 이야기가 되셨습니까?"

"아니, 옐친 대통령과 이야기를 끝냈습니다. 세르게이는 이번 주에 비서실장에서 물러날 것입니다."

세르게이의 과도한 욕심이 자충수를 두고 말았다. 마피아 연관된 야스카라는 기업에서 받은 뇌물이 그의 발목을 잡고 말았다.

뇌물을 받고도 아무런 일이 성사되지 않자 야스카의 사장이 돈을 노골적으로 요구했던 그의 음성이 녹취된 테이프를 러시아 언론에 유포시켰다.

옐친 반대파에 유리한 상황이 전개되기 전에 세르게이를 버리기로 했다.

현재 보도 통제가 이루어진 상황이었고, 세르게이는 러시아를 떠나기로 한 상황이었다.

그 전에 룩오일의 지분을 정리하려고 했다. 세르게이가 가지고 있는 지분은 옐친 대통령의 지분이었다.

내 이야기를 들은 예고르는 바짝 긴장했다. 러시아 핵심 권력의 방향이 달라지는 것이었다.

"예, 준비하도록 하겠습니다."

"룩오일에서 내가 쓸 수 있는 돈은 얼마나 됩니까?"

나는 룩오일의 비자금을 물었다.

"현재는 17억 달러 정도입니다. 다른 자금을 돌리면 23억 달러까지 가능합니다"

"음, 그렇군요. 올해 배당금은 얼마나 됩니까?"

"2억 5천만 달러입니다."

룩오일이 공식적으로 룩오일의 지분 62%를 가지고 있는 나에게 주는 금액이었다.

또한 올해 들어 비밀리에 룩오일의 지분 5%를 추가로 사들였다. 앞으로 배당금은 더욱 늘어날 것이다.

"내가 이야기를 하기 전까지 배당금은 새로운 바구니에 넣어두도록 하십시오."

"예, 그렇게 하겠습니다. 이것은 이번에 승진 대상에 오른 인물들입니다. 이사로 승진할 대상자는 10명입니다."

사진과 함께 프로필이 적혀 있는 인사 기록 카드를 내게 내밀었다.

노바테크와 유스코와의 합병을 통해 중복된 분야와 부실 사업장의 인원을 상당수 정리했다.

비효율적인 업무 부서들과 새로운 환경에 발 빠르게 적응하지 못한 인원들이었다.

전 세계의 기업들과 경쟁해서 살아남으려면 효율적이고

명확한 전달 체계가 필요했다. 이를 위해 룩오일은 직원들의 교육과 근무 환경에 적잖은 돈을 투자하고 있었다.

"직원들의 반발은 없었습니까?"

"불만을 토로하는 사람들도 있었지만, 대다수는 진급자의 능력을 인정하는 분위기였습니다."

룩오일에 이사로 올라서는 인물 중 절반이 파격적으로 진급이 이루어진 사례였다.

승진자들은 근속 연수와 직급에 상관없이 룩오일에 대한 남다른 애정과 그동안 알려지지 않았던 능력을 파악해서 내린 결정이었다.

이를 위해서 비밀리에 중간 관리자들의 업무 능력과 인성 그리고 평판을 수집했었다.

더욱 커진 룩오일을 이끌어가기 위해서는 새로운 기운이 필요했다.

"좋습니다. 이대로 진행하십시오."

서류에 사인을 하고는 예고르에게 건네주었다. 룩오일은 분명 러시아를 넘어 세계로 뻗어나갈 것이다.

*　　　*　　　*

이중호는 모스크바가 마음에 들지 않았다.

이런 상태라면 호텔 밖으로 나가는 것조차 싫었다.

그 자신이 오늘 겪은 러시아는 세계에서 가장 강력하고 막대한 영향력을 행사하고 있는 미국과 맞대결했던 나라라고는 전혀 생각할 수 없었다.

이중호의 눈에 비친 러시아는 쇠락의 길로 들어선 삼류 국가의 모습이었다. 시민들을 공포에 떨게 하는 마피아들이 아무렇지 않게 활개를 치고 있는데도 사법 기관은 아무런 조처를 하지 않는 모습은 한심하기 짝이 없었다.

더구나 외국인을 대상으로 하는 범죄가 기승을 부린다는 대사관 직원의 말에 고개를 절로 흔들었다.

"무작정 가방을 기다리기도 그런데 크렘린 궁전이나 다녀올까."

박명식은 호텔에서 얼마 떨어지지 않은 붉은 광장을 바라보며 말했다.

"그럴까요? 기분도 그런데."

"그래, 협상에 앞서서 머릿속을 정리하자고."

박명식은 옷걸이에 걸린 점퍼를 손에 잡고는 호텔 방을 나섰다. 이중호도 외투를 걸치고는 박명식의 뒤를 따라나섰다.

러시아는 벌써 겨울로 접어든 것처럼 춥게 느껴졌다.

관광에 앞서 호텔 측에 경호원을 요청했다.

대사관에서도 개인 경호원을 고용하는 것이 안전을 위해서 좋다는 말을 전했기 때문이다.

호텔 직원이 어디론가 전화를 하고 두 사람이 라운지에서 5분 정도 기다렸을 때, 건장한 이가 두 사람 앞에 나타났다.

자신을 볼코프라 소개한 인물은 퇴역 군인이었고, 호텔과 연계하여 투숙객들의 경호를 맡고 있었다.

볼코프는 영어를 할 수 있어서 호텔에서는 그를 자주 찾았다.

"권총까지 보여줄지 몰랐네요."

볼코프는 허리춤에 차고 있는 러시아제 권총인 9㎜ 마카로프(Makarov)를 이중호와 박명식에게 보여주었다.

볼코프의 하루 경호비는 50달러였다.

"안전하게 경호하겠다는 것이지. 권총을 보니까 안심이 되는데."

"하긴 권총을 지니고 있으니까 믿음은 가네요."

두 사람은 볼코프를 따라나섰다. 그때 라운지에서 신문을 보던 한 인물이 세 사람이 떠나는 모습을 지켜본 후 어디론가 전화를 걸었다.

러시아의 붉은 광장은 상당히 이국적인 느낌을 주었다.

유럽의 여러 나라를 방문했던 두 사람은 성 바실리 궁전과 역사박물관, 그리고 크렘린 궁전들에서 색다른 느낌을 받았다.

"한때는 세계를 호령하던 러시아도 이제는 한물간 것 같습니다. 관광객들 빼고는 다들 표정이 밝지 않네요."

이중호의 말처럼 붉은 광장에서 경비를 서고 있는 군인들은 무척 긴장한 표정이었다.

"요새 러시아 정국이 혼란스럽잖아."

옐친 대통령은 최고 회의를 해산하고 조기 총선을 실시하기로 공표했다. 그 과정에서 보수파 의원들과 무장 지지자들에게 점령당한 최고 회의 의사당을 옐친의 명령을 받은 러시아군이 탱크와 장갑차를 동원하여 공격했고, 120명이 넘는 사망자가 발생했다.

러시아군은 또다시 옐친을 선택했다.

그 결과, 옐친에 대항했던 알렉산드르 루츠코이 부통령과 하스볼라토프 최고 회의의장이 항복했다.

쿠데타 이후 또다시 유혈 사태가 발생한 모스크바의 공기는 차갑게 가라앉아 있었다.

"정치가 이러니까 경제가 엉망이 되는 것이겠죠."

"그게 우리한테는 기회가 될 수 있어. 이 나라는 현실에

치우쳐 제대로 미래를 볼 수 있는 인물들이 적으니까 말이야."

"그나마 우리가 선택한 룩오일이 제대로 된 회사 같습니다."

"우리가 조사한 바로는 룩오일도 다른 러시아의 기업처럼 몇 년 전만 해도 엉망이었잖아. 어떻게 몇 년 만에 러시아 제일의 회사로 거듭날 수 있었는지가 궁금해. 아니, 그렇게 만든 인물이 궁금하다고 해야겠지."

러시아의 에너지 기업들과 석유 회사들을 조사하면서 박명준은 룩오일의 놀라운 성장에 관심을 두게 되었다.

"룩오일의 대표가 표도르 강이라는 것밖에는 알려진 것이 없던데, 고려인이 맞을까요?"

두 사람이 고려인이 대표로 있다는 점도 룩오일을 선택하게 된 이유 중의 하나였고, 협상에서 유리할 것이라는 판단에서였다.

"러시아인은 그런 이름을 쓰지 않으니까. 기회가 된다면 정말 한번 만나고 싶은 인물이야."

룩오일을 이끄는 표도르 강은 한국 기업에 알려진 것이 별로 없는 미지의 인물이었다.

그의 이름도 어렵게 알아냈다.

"우릴 만나주지 않을까요?"

"글쎄, 그는 러시아의 정치인들도 쉽게 만날 수 없는 인물이라더군. 러시아에 머무는 날도 그리 많지 않다고 하니까."

박명준이 룩오일과 접촉하면서 알게 된 일이었다.

"소문에는 옐친 대통령과 항상 독대할 수 있는 기업인이라고 하던데, 궁금하긴 합니다."

이중호도 룩오일의 대표를 만나고 싶어 했다. 룩오일은 절대 대산그룹보다 떨어지는 기업이 아니었다.

단일 매출로 따져도 국내에서 제일 큰 매출을 올리고 있는 삼성전자보다 컸다.

93년도 포천지가 새롭게 발표한 세계 500대 기업에 러시아에서 룩오일이 유일하게 들어갔다. 상장된 회사들을 평가하는 것이었지만 룩오일의 잠재적 값어치를 추정해서 진행한 것이었다.

더구나 룩오일은 외부로 드러나지 않고 감추어진 매출과 이익이 상당했다.

두 사람은 붉은 관장 근처에 있는 굼 백화점에 들러 러시아 기념품을 산 뒤 호텔로 다시 발걸음을 옮겼다.

호텔은 붉은 광장에서 멀지 않은 곳에 있었다.

눈앞에 호텔이 보일 때였다.

앞쪽에서 걸어오던 4명의 러시아 사내가 갑자기 길을 막아섰다.

"뭐야?"

볼코프가 허리춤에 권총을 꺼내려고 하자 사내들은 가죽 재킷 안에서 자동소총을 꺼내 들었다.

"미안합니다."

그 모습에 볼콜프는 두 사람을 남겨두고는 황급히 자리를 떠났다. 4명의 사내는 그런 볼코프를 막아서지 않았다.

황당한 표정의 박명준과 이중호는 당황한 기색이 역력했다.

두 사람은 오후 시간에, 더구나 사람들이 지나다니는 거리에서 이런 일이 일어나리라고는 상상을 하지 못했다.

끼이익!

박명준과 이중호의 앞으로 한국에서 수출한 중고 봉고차 한 대가 급히 정차했다.

문이 열리자마자 두 사람은 4명의 인물에게 에워싸인 채 봉고차에 올라탈 수밖에 없었다.

4명이 들고 있는 자동소총은 장난감이 아니었기 때문이다.

박명준과 이중호가 차에 올라타자마자 차에 타고 있던 인물이 두 사람의 눈을 가리고 손을 묶었다.

"침착해."

박명준은 이중호를 향해 말했다. 이중호는 차에 타자마자 심하게 몸을 떨었다.

그 떨림이 고스란히 박명준까지 전달되었다.

두 사람이 대낮에 납치된 거리는 아무 일도 없었던 것처럼 사람들이 오가고 있었다.

박명준과 이중호가 납치되었다는 소식이 전해진 것은 밤 10시가 다 되어서였다.

잃어버린 서류 가방을 전달하기 위해 두 사람이 머무는 호텔에 방문한 코사크 대원을 통해서였다.

"어떻게 할까요?"

코사크 정보 팀의 보리스 실장이 내게 물었다. 코사크는 이미 두 사람을 납치한 조직을 파악한 후에 내게 보고했다.

"하룻밤은 모스크바의 사나움을 느낄 수 있도록 내버려 두죠. 돈이 목적인 놈들이니 인질을 해치지는 않을 테니까."

"알겠습니다. 감시조는 현장에서 대기하고 있습니다."

"혹시 모르니까, 타격대도 현장 근처로 이동해 대기하도록 하십시오."

"예, 그렇게 하겠습니다."

보리스 실장이 고개를 숙이며 내 방에서 나가자 절로 웃음이 나왔다.

"후후! 오줌을 지리고 있겠군."

멀리 젊음의 거리인 노브이 아르바트 거리가 내려다보였다. 늦은 밤인데도 거리에는 젊은 친구들이 여전히 밤거리를 헤매고 있었다.

얼음 잔에 담긴 위스키 입을 가져갈 때쯤 야간 통행금지를 알리는 사이렌이 들려왔다.

모스크바는 옐친 대통령의 긴급조치로 인해 통행금지가 내려진 상황이었다.

Chapter 9

이중호와 박명준이 봉고차를 타고서 1시간을 지나 도착한 곳은 모스크바시 인근에 위치한 농가였다.

검은 안대로 눈이 가려진 채 도착한 곳에서는 개 짖는 소리가 심하게 들려왔다.

"빨리, 빨리 움직여."

두 사람의 귀로 들려온 소리는 간단한 영어였다.

차에서 내려 2~3분 정도 걸어서 들어가자 안대가 벗겨졌다.

두 사람의 눈앞에 들어오는 것은 보드카를 마시고 있는

세 명의 남자와 한 명의 여자였다.

"두 놈은 한국에서 들어온 사업가입니다."

이중호와 박명준을 제일 앞에서 막아섰던 인물이 테이블 가장 중앙에 앉은 인물을 향해 말했다.

"확실한 거냐?"

"예, 두 놈이 묵고 있는 호텔에 확인했습니다."

"수고했다. 가서 쉬어라."

콧수염을 양쪽으로 길게 기른 인물의 말에 두 사람을 끌고 온 인물이 고개를 숙이며 자리를 피했다.

그는 두 사람을 납치한 조직의 보스였다.

손이 묶여 있는 이중호와 박명준은 어떻게 해야 할지 몰라 멀뚱히 서 있을 뿐이었다.

"일인, 놈들에게 자리를 내줘라."

보스의 말에 일인이라는 인물이 두 사람에게 의자를 빼주며 앉으라는 손짓을 했다.

"앉으라고 하는 것 같습니다."

이중호가 떨리는 음성으로 박명준에게 말했다. 이중호는 극도의 공포감을 느끼고 있었다.

그도 그럴 것이 신세계백화점의 후계자인 장용성이 사업차 방문한 모스크바에서 총에 맞아 죽을 뻔했다는 이야기를 그에게 직접 들었기 때문이다.

"침착해야 해."

박명준의 말에도 이중호의 떨림은 멈추지 않았다.

"나타샤, 두 놈에게 감자라도 줘라."

잔에 담긴 보드카를 단숨에 넘긴 나타샤는 부엌에서 가져온 삶은 감자를 그릇에 담아 두 사람이 앉아 있는 테이블에 던지듯이 내려놓았다.

그릇에 담긴 감자를 본 두 사람은 누구라 할 것이 감자를 손에 쥐었다.

마치 최후의 만찬이라도 되는 것처럼.

모스크바 한국대사관은 갑자기 바빠졌다.

대산그룹의 사장급 인사와 후계자인 이중호가 납치되었다는 소식이 전해진 것이다.

"경찰에는 연락을 취했나?"

러시아 주재 대사인 박홍식 대사가 물었다.

"예, 경찰과는 연락을 취했습니다."

"러시아 경찰은 뭐라고 하는데?"

"아직 별다른 말은 없습니다. 수사를 엄밀히 진행하겠다는 말을 했습니다."

"왜 하필 이럴 때 와서 피곤하게 만드는 거냐? 다른 정보는 없는 거냐?"

박홍식은 다음 달이면 한국으로 돌아갈 예정이었다. 더구나 그는 두 달 뒤에 있을 외교부 인사에서 외무차관 후보에 올라선 상황이었다.

"예, 아직까지 정확한 정보가 들어오지 않고 있습니다."

이영수 참사관도 피곤한 표정으로 말했다.

"하여간 최대한 노력했다는 모습은 보이게끔 일을 처리해. 무슨 말인지 알지?"

"예, 그렇게 하겠습니다."

이영수도 박홍식 대사의 말을 충분히 이해하고 있었다.

모스크바는 하루에도 수십 건의 강도 살인과 납치가 이루어지고 있었다.

*　　　*　　　*

대산그룹의 본사의 그룹 비서실은 이른 새벽 시간에도 불이 환하게 켜져 있었다.

모스크바에서 다급하게 전해온 이중호와 박명준의 납치 소식에 비서실 직원 모두가 잠자다 말고 회사로 출근한 것이다.

이대수 회장은 침울한 표정으로 의자에 기대앉아 있었다.

"다른 소식은 없는 건가?"

"예, 납치한 쪽에서의 요구 조건도 아직은 없습니다."

보고하는 비서실장인 김창원의 얼굴도 편치 않았다.

"현지 대사관은 뭐라고 하나?"

"다방면으로 알아보고 있다고 합니다. 러시아 경찰도……."

"그만! 지금 당장 대사관에 연락해."

이대수 회장은 큰 목소리로 말했다. 그가 이렇게 화를 낸 적은 몇 년간 본 적이 없었다.

이대수 회장의 전화를 받은 주한 러시아 박홍식 대사의 표정이 일그러졌다.

반 협박조로 말하는 이대수 회장의 성화가 장난이 아니었기 때문이다.

"에이! 정말 더러워서 못 해 먹겠네. 아들이 죽은 것도 아닌데……."

전화를 신경질적으로 내려놓은 박홍식 대사는 대산그룹의 이대수를 무시할 수는 없었다. 그가 가진 돈의 힘을 말이다.

하지만 납치범들이 연락을 해오기 전까지 대사관에서 딱히 할 수 있는 일이 없었다.

"러시아 외무부에 협조 공문을 한 번 더 보내."

"공문을 보내도 달라질 것이 없을 텐데요."

협조 공문은 이미 러시아 외무부와 치안을 담당하는 내무부에 보냈다.

"나중에 아무것도 안 했다는 소리를 할지도 모르잖아. 이대수 회장에게 잘못 보여 봤자 좋을 게 없어."

재계 3위에 올라 있는 대산그룹의 이대수 회장은 정치권과도 친분이 두텁다는 걸 박홍식 대사는 잘 알고 있었다.

"차라리 코사크에 의뢰를 하는 것이 좋지 않을까요?"

이영수 참사관의 말이 솔깃했다. 사실 러시아 경찰을 그다지 신뢰하기 힘들었다.

현재 박홍식 대사의 가족들도 코사크의 경호를 받고 있었다.

"음, 그게 좋을 수도 있겠는데."

모스크바에서 코사크의 영향력은 대단했다. 소문에는 코사크가 모스크바에서 활동하는 마피아들을 모두 제어할 수 있다는 말도 들리고 있었다.

"대산그룹이 코사크에 직접 의뢰를 하면 우리가 나설 필요도 없습니다."

"그렇지, 대산그룹에 전화를 넣어서 코사크에 관해 설명하라고. 애꿎은 우리가 손해 볼 수는 없으니까."

"예."

박홍식 대사의 말에 이영수 참사관은 테이블에 놓인 수화기를 들고 있었다.

*　　*　　*

"대산그룹에서 코사크에 의뢰를 해왔습니다."

코사크 정보실장인 보리스의 보고였다.

"후후! 이대수 회장이 애가 많이 타겠지. 의뢰 비용은?"

"둘 다 안전하게 구해주는 조건으로 100만 달러를 제시했습니다."

"자식의 몸값이 고작 50만 달러밖에 안 된다. 천만 달러로 올리십시오. 납치한 놈들이 이중호가 대산그룹의 후계자라는 사실을 알게 되면 1억 달러를 요구할 수 있다는 점도 말을 전하시고요."

"예, 그렇게 하겠습니다."

"두 사람의 상황은 어떻습니까?"

"별다른 문제는 없습니다. 언제든지 구출 작전을 펼칠 수 있도록 주변을 통제하고 있습니다."

"대산그룹의 판단을 기다려 보고 작전 진행 시간을 결정하지요."

"예, 보고드리겠습니다."

보리스 실장이 방에서 나가자 창밖으로는 태양이 떠올라 모스크바를 향해 강렬한 빛을 뿜어내고 있었다.

이중호와 박명준은 끌려온 농가의 지하실에 손발이 묶인 채 감금된 상태였다.

밤새 뜬눈으로 지낸 두 사람은 누구라 할 것 없이 지친 기색이 역력했다.

움직임이 없는 상태였지만 극도의 긴장감이 몇 배의 체력을 소모하게 하였다.

"왜 아무런 소식이 없을까요? 아버지에게 연락이 닿지 않은 게 아닐까요?"

이중호는 불안하고 초조했다.

마피아들은 협상이 원활하지 않으면 인질을 아무렇지 않게 죽여 버린다는 기사를 신문에서 본 적이 있었다.

지금 머릿속에는 오만 가지의 불길한 생각이 떠오르고 있었다.

"분명 조처를 취하고 계실 거야."

박명준은 침착함을 유지하려고 애썼다. 하지만 그 또한 불안감이 온몸을 서서히 지배하기 시작했다.

"흑흑! 여기서 죽으면 정말 개죽음인데……."

이중호는 참을 수가 없었는지 끝내 울음을 터뜨렸다. 그도 그럴 것이 지하실로 들어온 순간부터 역겨운 피비린내가 진동했기 때문이다.

어두워서 잘 보이지는 않았지만, 지하실 벽에 있는 큰 얼룩들은 핏자국이 분명했다.

'설마, 이런 곳에서 죽지는 않겠지……'

"……"

박명준은 이중호의 말에 아무 말도 할 수 없었다. 솔직히 지금 그도 가족들 생각에 울고 싶은 심정이었다.

"코사크에서 천만 달러를 요구했습니다."

"놈들을 믿을 수 있는 거야?"

이대수 회장은 천만 달러가 아까운 것이 아니었다. 아들인 이중호의 안전이 문제였다.

"예, 알아본 바로는 러시아의 마피아들도 코사크를 두려워해서 피한다고 합니다. 박홍식 대사뿐만 아니라 여러 나라의 대사 가족도 코사크에게 경호를 의뢰하고 있습니다."

"그럼 진행해. 확실하게 구할 수만 있다면 천만 달러가 대수야."

이대수 회장의 눈가에도 피곤함이 역력했다. 납치 소식을 전해 들었을 때부터 그 또한 잠자리에 들지 못했다.

서울과 모스크바는 6시간의 시차가 났다.

"예, 바로 진행하겠습니다."

김창원 비서실장은 고개를 숙인 후 급하게 회장실을 나섰다.

"후! 중호 이놈이 잘 버텨야 하는데……."

한숨을 내쉬는 이대수는 답답한 마음을 가눌 수가 없었다. 입안의 침이 자꾸만 마르자 5년 전 건강 때문에 끊은 담배가 몹시 간절했다.

*　　*　　*

코사크의 타격대가 움직인 것은 저녁 무렵이었다. 농장에 머물고 있는 인물들은 모두 아홉 명이었다.

그들의 움직임과 위치를 모두 확인한 상태였다.

20명의 코사크 타격대원이 농장으로 조심스럽게 접근했고, 다섯 명의 저격수가 각자의 위치에서 농가를 겨냥하고 있었다.

"위치를 확보했다. 카운트를 시작한다. 1… 2… 5……."

―돌입!

픽! 픽!

차고에 있던 2명의 인물이 저격수의 총에 쓰러진 순간 농가의 전기가 끊겼다.

팍— 앙!

그리고 곧바로 농가 안쪽에서 섬광탄이 연속해서 터졌다.

타타탕! 타탕, 타당!

농가의 정문과 차고 쪽으로 타격대가 돌입해 들어가면서 내부에서 총격전이 벌어졌다.

픽! 픽!

2층에서 있던 인물들은 창가 쪽으로 몸을 드러내는 순간 저격조의 사격에 맥없이 쓰러졌다.

"내부가 정리됐다."

타격대가 농가로 진입한 지 2분 만에 작전이 성공적으로 끝났다.

—인질의 안전은 확보되었나?

"2명 모두 안전하다."

코사크 타격대에 의해 이중호와 박명준은 어리둥절한 표정으로 농가 밖으로 나오고 있었다.

그 와중에 이중호의 사타구니 쪽이 축축이 젖어 있는 모습이 눈에 들어왔다.

박명준과 이중호는 무사히 호텔로 돌아왔다.

이중호는 호텔에 도착하자마자 욕실로 들어가 나올 생각

을 하지 않았다.

하루 동안이었지만 지옥으로 떨어졌었다.

코사크가 러시아의 치안 당국까지 통제하는지는 모르지만 두 사람은 경찰 조사도 받지 않았다.

"크크크! 바지에 오줌까지 지리도록 무서웠었냐?"

샤워기에서 내리는 찬물을 그대로 머리에 맞고 있는 이중호는 자신이 너무 한심스러웠다.

이중호는 창피함과 자신에 대한 실망감 때문인지 차가운 물줄기도 느껴지지 않았다.

아무리 친하다고 해도 박명준에게 보이지 말아야 할 모습까지 보이고 말았다.

폭발음과 총소리가 요란하게 들린 후, 지하실 문을 열고 들어온 인물에게 이중호는 울먹이며 살려 달라고 애원하듯 매달렸다.

이중호를 강제로 밀쳐내려고 할 때는 자신을 죽이려는 줄로 알고서 오줌까지 지렸다.

하지만 지하실에 들어온 인물들은 납치범들이 아닌 코사크의 타격대였다.

"병신 새끼……. 이대로 한국에 돌아가면 정말 병신이 되는 거냐."

이중호는 유리에 비친 자신을 확인했다. 물에 빠진 생쥐

꼴처럼 정말 한심스럽고 병신처럼 보였다.

자신의 이복 여동생인 이수진이 자신을 멍청하다고 말한 것처럼.

"어떡하든 룩오일과의 계약을 꼭 체결해야 해……."

이중호는 그제야 온몸에서 한기가 느껴졌다.

*　　　*　　　*

이대수 회장은 두 사람이 무사히 구출되었다는 소식에 안도의 한숨을 내쉬었다.

"후! 다행이야. 하늘이 도왔어."

하루 동안이었지만 이대수 회장도 안절부절못한 채 극심한 정신적 고통에 빠져 있었다.

종교가 없는 이대수였지만 마음속으로 간절히 하나님께 기도했다.

"당장 중호를 한국으로 들어오라고 해."

"그게, 이 차장이 거부하고 있습니다. 일정대로 업무를 보고 들어가겠다고 합니다."

"업무는 박명준이가 보면 되잖아. 전화를 넣어 내가 말할 테니까."

더는 위험하기 짝이 없는 모스크바에 이중호를 머물게

하고 싶지 않았다.

하지만 이중호는 이대수 회장의 전화를 받지 않았다.

아니, 지금은 받을 수 없었다. 한없이 작아진 지금의 모습으로는 말이다.

*　　　*　　　*

"대산그룹에서 천만 달러가 입금되었습니다. 그리고 이중호의 경호를 의뢰했습니다."

정보 팀 보리스 실장의 보고였다.

"그래요. 당장 짐을 싸 한국으로 돌아갈 줄 알았는데. 계속 지켜보도록 하세요."

한국으로 돌아갈 것으로 예상했었는데 의외였다.

"예, 알겠습니다."

보리스가 밖으로 나가자 이중호가 왠지 보고 싶어졌다.

이중호 본인의 뜻인지, 아니면 이대수 회장의 뜻인지는 모르겠지만 험한 꼴을 당하고도 모스크바를 떠나지 않은 것이다.

"정말 괜찮은 거냐?"

박명준은 걱정스러운 눈빛으로 물었다. 이대수 회장의 지시에도 아랑곳하지 않고 이중호는 모스크바에 남았다.

"하하! 형님도! 괜찮으니까 이렇게 있죠."

이중호는 웃으면서 말했지만, 박명준의 눈에는 억지웃음으로 비쳤다.

'충격이 심할 거야……. 나도 쉽지 않으니까.'

솔직히 박명준은 이중호가 고집을 부리지 않았다면 지금 당장에라도 한국으로 돌아가고 싶었다.

목숨을 잃을 뻔한 상황에서 일이 문제가 아니었다. 그 트라우마에서 빠져나오기가 싫지 않을 것만 같았기 때문이다.

"그래, 이왕 여기까지 왔는데, 맨손으로 갈 수 없지. 회사에 큰 민폐를 끼쳤으니까."

박명준은 비서실의 김창원에게 구출 비용으로 코사크에 천만 달러를 지급했다는 소리를 전해 들었다.

천만 달러는 박명준도 쉽게 만져볼 수 없는 돈이었다.

"그보다 더 큰 이익을 회사에 안겨줘야 합니다. 그래야 우리를 우습게 보지 않을 테니까요."

이중호는 이번 일로 인해 자신을 좋게 보지 않고 있는 김덕현 부회장과 그룹 임원들이 더욱 자신을 무시할 것이라는 강박증에 사로잡혀 있었다.

더욱이 자신의 아버지인 이대수 회장의 눈 밖에 나는 것이 아닐까 하는 생각이 이중호를 밤새 괴롭혔었다.

"맞는 말이다. 룩오일과 내일 약속이 잡혔으니까 최선을 다하자."

"그래야죠."

"그럼 쉬어라."

박명준이 방에서 나가자마자 이중호는 냉장고에서 위스키를 꺼내 들었다.

그리고 병째 입으로 가져갔다.

"시발 새끼! 지가 뭔데 날 불쌍하게 쳐다봐."

이중호는 박명준에게 심한 적대감을 표출했다. 아니, 자신의 치부를 알게 된 박명준이 갑자기 싫어졌다.

이번 납치 사건은 대한민국에서 그 누구보다 우월하고 귀족적인 인생을 살아가고 있는 이중호 자신에게 치명적인 오점이 된 것이다.

이중호가 묵고 있는 호텔 바에서 술을 마시고 있다는 연락을 코사크 정보 팀에서 보내왔다.

현재 코사크의 경호를 받고 있었기에 이중호의 동선은 고스란히 드러났다.

난 우연을 가장해 그가 머무는 메트로폴 호텔로 향했다.

저녁 6시밖에 안 된 시간에 혼자 술을 마시고 있다는 것은 이번 일로 받은 충격이 적지 않다는 방증이었다.

내가 호텔 안으로 들어서자 코사크에서 대산그룹 직원들의 경호를 위해 파견된 경호원 하나가 나를 향해 황급히 고개를 숙여 인사를 건넸다.

"몇 명이나 파견되었나?"

"일곱 명입니다."

"모두에게 전하게 날 아는 체하지 말라고."

"알겠습니다."

내 말에 코사크 경호대원은 무전기로 동료들에게 연락을 취했다.

이중호가 나의 정체를 파악하지 못하게 내 경호를 맡은 인물들 중 티토브 정을 제외한 모두가 호텔 밖에서 대기하고 있었다.

호텔 바는 27층에 자리 잡고 있었다.

안으로 들어서자 이중호는 모스크바 시가 한눈에 들어오는 창가에 앉아 위스키를 마시고 있었다.

그의 뒤편 테이블에서 코사크 경호대원 둘이 이중호를 경호하고 있었다.

모스크바는 호텔 안이라고 해도 안심할 수 없었기 때문이다.

나는 티토브 정과 영어로 이야기를 나누면서 안으로 들어갔다. 이른 시간이었기 때문에 조용한 바에는 이중호 혼자뿐이었고 그는 나를 쉽게 발견할 수 있었다.

"강태수!"

이중호는 큰 소리로 내 이름을 불렀다.

"어, 이 선배님 아니세요."

"네가 여기 어쩐 일이냐?"

"비즈니스가 있어서요. 언제 오셨어요?"

"엊그저께. 너는?"

"전 어제 왔습니다."

"꽤 바쁜가 보네?"

"아닙니다. 이 선배님은 무슨 일로?"

"나도 비즈니스 때문이지. 이곳에 만난 것도 인연인데 시간 되면 술이나 한잔하자."

이중호는 그다지 달라진 것이 없어 보였다.

"잠시만요."

나는 티토브 정에게 양해를 구하는 척했다. 티토브 정은 고개를 끄떡이며 바를 떠났다.

"내가 비즈니스를 방해한 것 아니냐?"

"아닙니다. 중요한 일은 다 끝난 상태라서요."

"대단해, 러시아까지 진출하고 말이야."

"그리 대단한 일은 아니고요. 시장성이 있는지 보러 왔습니다."

"혼자 온 거야?"

"예, 혼자 다니는 게 편해서요."

"위험하지 않아? 여긴 마피아들이 판을 친다는데."

"조금 위험하긴 해도, 마피아들이 저한테는 그다지 가져갈 만한 것이 없어서요."

"하긴, 너한테는 가져갈 만한 것이 없지. 자, 한 잔 받아라."

이중호는 여전히 변함없이 말을 함부로 던졌다.

"예. 선배님은 어떤 비즈니스로 오셨습니까?"

"왜, 알고 싶어?"

상대방을 경멸하듯 쳐다보는 이중호의 눈은 변함없었다. 자신이 인정하는 인물과 그렇지 않은 인물을 대하는 그의 눈은 확연한 차이가 났다.

"중요한 일이라면 말씀 안 하셔도 됩니다."

"중요한 일이지. 룩오일라고 들어봤어?"

"예, 들어봤습니다. 러시아에서 가장 큰 에너지 기업으로 알고 있습니다."

"잘 아네. 그 룩오일과 계약을 앞두고 있지."

이중호는 마치 룩오일과 계약을 끝낸 것처럼 말했다.

'후후! 북 치고 장구 치고, 혼자 다 하는군.'

"대산그룹이 에너지 사업 쪽으로 나가는 것입니까?"

"새로운 사업이지. 너도 신문에서 읽었는지는 모르겠지만 룩오일이 진행하는 동시베리아 파이프라인 사업에 대산도 투자를 하려고 한다."

"신문에는 사업자가 이미 정해졌다고 하던데요."

합작 사업자는 닉스와 도시락이었지만 구체적으로는 명시되지 않았다.

아직 언론에 두 회사의 투자에 대한 것을 공표하지 않았다.

"우리가 보는 바로는 아직 결정되지 않았어. 내가 너에게 왜 이런 이야기까지 하는지 모르겠지만 말이야."

이중호는 위스키 잔에 채워진 술을 단숨에 비우며 말했다.

"제가 듣기로는 에너지 사업이 리스크가 크다고 하던데. 단순히 파이프라인에 대해 합작 투자만 하시려는 것입니까?"

"리스크가 크면 그만큼 얻는 것도 큰 거야. 궁금한 것 같아서 말해주지만 우린 원유와 천연가스를 직접 채굴할 거다."

"채굴 지분을 인수하시겠다는 말이네요?"

"왜, 너도 관심 있냐?"

"관심은 있지만, 원유 채굴은 리스크가 너무 커서요. 채굴 지역에서 원유가 매장될 확률이 15%만 되어도 높은 수치라는 말을 들었습니다. 더구나 자본이 워낙 많이 투자되는 산업이라."

원유나 천연가스 매장 지역 내 탐사 광구의 경우 15%의 확률만 있어도 투자할 가치가 있었지만, 실패 확률은 75%인 것이다.

"하하하! 이거 강태수가 자원 개발 분야에 관심을 두는지 몰랐는데."

이중호는 내가 한 말에 웃으면서 말을 이었다.

"잘 알고 있네. 하지만 15%가 복권 당첨과도 같은 거야. 15%라는 확률 높은 복권 당첨 말이야."

지금 시대는 로또가 없었다. 매주 주택은행에서 480만 장의 주택복권이 발행되고 있었다.

1등 확률이 480만분의 1이었고, 1등을 포함한 5등까지의 모든 당첨금액의 확률은 30% 정도였다.

"1등 복권이라면 좋겠지만, 복권 당첨 금액도 여러 가지이잖습니까? 4등이나 5등에 당첨된다면 손해가 날 수도 있을 텐데요."

"틀린 말이 아니야. 그래서 확실한 패에 돈을 투자해

야지."

'후후! 그게 룩오일이라는 말이군.'

"확실한 패를 확보하신 것이군요?"

"네가 거기까지 알 필요는 없고. 한데 요새 수진이와 연락은 하고 있냐?"

"아니요, 저도 그렇고, 수진 씨도 다들 바쁘니까요."

"하긴, 사업하는 놈은 집에서 조용히 남편 뒷바라지 잘하는 여자를 만나야 해. 수진이는 그걸 하기에는 좀 힘들지."

"수진 씨는 똑똑하니까, 좋은 사람을 만날 것입니다."

"그건 그렇고, 블루오션이 아주 잘나가더라. 상장시키면 돈 좀 만질 것 같던데."

"아직 그럴 상황은 아닙니다. 이제야 조금 회사가 안정되었으니까요."

"그래, 조금 잘나간다고 깝죽대다가 한 방에 훅 간 회사가 한둘이 아니니까. 그리고 운도 한계가 있다는 걸 명심해라."

이중호는 큰일을 겪어도 변함이 없었다.

'후후! 운이라고 생각해 줘서 고맙군.'

"예, 그래야죠. 사실 제가 한 일은 별로 없고, 모두 직원들이 해낸 일이니까요."

"하하하! 다른 건 몰라도 태수 너는 자신을 잘 알고 있다는 게 장점이야. 사람은 자기 그릇과 분수를 알아야 하거든."

이중호는 우울하던 마음을 털어낸 것처럼 밝게 웃었다.

Chapter 10

　이중호와 헤어져 돌아오는 차 안에서 대산그룹에게 탐사
광구를 팔아야겠다는 생각을 했다.

　노바테크와 유코스의 합병으로 인해 처리해야 할 부실
광구들을 말이다.

　오늘 만난 이중호는 이익을 원하는 것보다는 자신을 그
룹 내에 부각시킬 수 있는 실적을 찾고 있었다.

　"후후! 자기 확신과 과시가 얼마나 큰 이익으로 가져다줄
지……."

　이중호가 찾았다는 확실한 패를 내가 넘겨줄 것이다.

룩오일과 대산그룹의 협상은 일방적인 형태로 흘러갔다. 룩오일은 합작 투자에 대해 그다지 관심을 보이지 않았고 그런 반응에 적극적으로 협상에 임한 대산그룹의 이중호와 박명준은 애가 탔다.

"글쎄요, 굳이 저희는 그런 조건으로 지분을 매각할 의사가 없습니다. 이미 파이프라인 공사에 필요한 자금은 모두 확보된 상황입니다."

협상을 담당하는 쿠즈민 이사는 두 사람의 기대와 달리 별다른 반응을 보이지 않았다.

"저희는 단기적인 투자가 아닌 지속적인 투자를 할 예정입니다. 앞으로 룩오일도 러시아를 벗어나 다양한 투자를 진행하실 것 아닙니까?"

박명준은 애써 차분한 표정으로 말을 했지만, 그 옆에 앉아 있는 이중호는 불안한 눈빛을 숨기지 못했다.

"물론 다양한 투자가 앞으로 진행할 것입니다. 그렇다고 해도 외부에서 투자를 받을 만큼 시급한 대외 사업 건은 없습니다. 더구나 대산그룹에서 제시한 사업 계획서상의 투자 사업들은 저희와 맞지 않은 부분이 많습니다."

쿠즈민 이사의 말에 두 사람의 표정이 확연히 달라지는 것이 보였다.

대산그룹의 자원 개발 사업부가 러시아 현지 상황을 고

려하여 작성한 계획서는 룩오일이 아닌 다른 에너지 기업에 어울릴 수 있는 계획서였다.

구조조정의 여파와 부실로 인해 신규 사업에 대한 투자 자금이 부족한 바쉬네프티와 로스네프트 같은 석유 회사들 말이다.

룩오일은 외부에 알려진 거와는 상당히 다른 길을 걷는 기업이었고 탄탄한 자금력을 구축한 상태였다.

대산그룹의 자원 개발 사업부가 입수한 자료들은 룩오일을 다르게 판단할 수 있는 자료였고 더구나 몇 년 전 자료들이었다.

'좀 더 심도 있게 조사를 해야 했는데. 너무 서두른 것 같아······.'

박명준은 지금의 협상에서 얻을 것이 없다는 생각이 들었다.

"동시베리아 파이프라인은 저희의 투자가 필요 없으시다는 것이군요?"

"솔직히 그렇습니다. 대산그룹에서 작년 말에만 이런 제안을 하셨다면 충분히 검토해 볼 수 있는 상황이었습니다. 하지만 지금은 대산그룹보다 훨씬 더 좋은 조건의 투자 제의도 거절하고 있습니다."

더는 할 말을 없게 만드는 말이었다.

쿠즈민의 말에 이중호의 표정이 눈에 띄게 달라졌다.

"저희는 파이프라인의 투자가 아니더라도 룩오일과 다양한 협의와 투자를 진행할 용의가 있습니다."

이중호는 협상을 여기서 끝낼 수 없다는 듯이 급하게 말했다.

"저희를 높게 평가해 주셔서 고맙습니다만, 러시아에 있는 다른 에너지 기업들과도 협의를 해보시는 것을 권해드립니다. 저희와 다르게 대산그룹이 원하시는 조건을 얻을 수도 있을 것입니다."

쿠즈민 이사의 말은 마치 대산그룹의 뜨거운 구애가 귀찮다는 투로 들렸다.

'다른 기업은 필요가 없어. 오로지 1등을 달리는 기업과의 투자 체결이 중요한 거야.'

러시아의 정국은 불안정했고, 그 불안한 형태가 기업들에게도 여파를 미쳤다.

하지만 룩오일은 달랐다.

그 어디에서 불안정한 모습은 없었고 직원들의 표정에서 느껴지듯이 회사에 대한 자부심이 대단했다.

이중호는 어중간한 회사와 투자를 체결할 생각이 없었다. 박명준은 룩오일이 안 된다면 가스프롬과도 협상을 진행하고자 했지만, 이중호는 달랐다.

오로지 최고의 회사와 투자를 체결해야만 한다는 생각이었고, 그래야만 자신이 가치가 대산그룹 내에서 인정받을 수 있었다.

누구나 다 할 수 있는 협상과 투자 체결은 이중호는 바라지 않았다.

더구나 한국에 지대한 영향을 끼칠 수 있는 파이프라인 사업을 진행하고 있는 룩오일과 연결되어야만 업스트림(시추, 채굴)이 아니더라도 다운스트림(정제, 유통)사업이라도 진행할 수 있는 토대를 마련할 수 있었다.

한반도를 관통하는 송유관과 가스 수송관에서 얻어지는 원유와 천연가스는 다른 수송 방법보다 훨씬 저렴하고 큰 이익을 줄 수 있기 때문이다.

새롭게 만들어진 자원 개발부는 나름대로 미래를 바라보고 룩오일을 선택한 것이다.

"저희는 룩오일이 아니면 투자 대상으로 삼지 않을 것입니다."

쿠즈민의 말에 이중호는 못을 박듯이 말했다. 그의 말에 박명준의 미간이 살짝 찡그려졌다.

박명준의 의사와 반하는 말이었고 협상의 패를 모두 보여준 말이기도 했다.

쿠즈민 이사는 대산그룹의 적극적인 투자 의지를 임원진

과 의논을 하겠다는 이야기를 끝으로 오늘의 협상을 끝마
쳤다. 2차 협상은 다음 날 갖기로 했다.

*   *   *

나는 쿠즈민 이사의 보고를 받았다.

"말씀하신 대로 대산그룹의 이중호 차장이 가장 적극적
으로 나왔습니다."

"내일도 오늘처럼 협상을 진행하십시오. 그리고 마지막
에 이중호에게만 넌지시 탐사 광구에 대한 이야기를 흘리
십시오."

이중호는 이미 내가 펼쳐놓은 그물로 들어온 상황이었
다. 문제는 이중호가 아닌 박명준이었고, 그는 분별력 없이
무작정 달려드는 타입이 아니었다.

하지만 오늘 협상을 통해 두 사람의 틈이 보이기 시작했
다.

"예, 그렇게 하겠습니다."

쿠즈민 이사가 사무실에서 나가자 나는 룩오일이 소유하
고 있는 탐사 광구에 대한 보고서를 펼쳤다.

보고서에는 원유와 가스전을 발견할 수 있는 유력한 탐
사 광구와 그렇지 못한 구역들로 나누어져 있었다.

실패 확률이 높은 구역들 대다수가 원유와 천연가스 발견 가능성을 10% 아래로 표시하고 있었다.

"털어내야 할 사업장과 함께 이 지역들을 넘겨주면 되겠군. 혹시 운이 좋으면 대박이 날 수도 있겠지만……."

나는 대산그룹에게 이득을 줄 생각이 없었다.

회사를 운영하는 입장에서 최대한 룩오일이 유리한 쪽으로 협상을 이끌 뿐이었다.

*   *   *

"굳이 룩오일에만 매달릴 필요가 없잖아?"

박명준은 이중호가 오늘 협상 테이블에 보인 모습이 마음에 들지 않았다.

속속들이 룩오일에게 너무 많은 패를 보여주었다. 아니, 노골적으로 룩오일이 아니면 안 된다는 모습이었다.

"룩오일이 아니면 투자할 의미가 없습니다. 우리가 작성한 개발 보고서에서도 밝혔듯이 한반도로 이어지는 파이프라인을 가지고 있는 룩오일만이 우리 쪽에 이익을 가져다줄 수 있습니다."

"그건 우리가 파이프라인의 지분을 가졌을 때 이야기잖아. 이미 투자 대상이 정해져 있는 상황에서 자칫 과도한 투자로 이어지면 오히려 손해를 볼 수 있어."

박명준은 냉철하게 판단하고 있었다.

굳이 룩오일이 안 된다면 다양한 기업들과 접촉해서 이익이 되는 곳을 찾으면 되었다.

"룩오일이 진행하는 1차 파이프라인 공사는 이곳에서 출발하여 중국을 거쳐 신의주까지 연결됩니다. 신의주에서 서울과 부산으로 이어질지, 아니면 울산과 인천으로 연결 가지가 뻗어나올지는 아직 모릅니다."

이중호는 지도를 보며 동시베리아 파이프라인이 지나는 곳을 가리켰다.

이중호는 말을 계속해서 이었다.

"저는 2차 파이프라인 공사가 이루어질 북시베리아 연결망을 주목했습니다. 이곳 사하공화국 내에 있는 탐사 지역들을 말입니다. 1차 파이프라인이 완공되면 사하공화국에서 출발하는 2차 파이프라인은 고작 1,200~1,600km만 완공하면 됩니다. 두 곳이 연결되면 북쪽 지역의 천연가스와 원유도 한반도를 지나 일본으로……."

이중호는 이대수 회장에게만 특별히 보고했던 내용을 박명준에게 이야기했다.

룩오일이 사하공화국 대부분의 자원 개발권과 탐사권을 소유하고 있다는 말과 함께 대산그룹이 사하공화국 내의 탐사 광구를 손에 넣어 독자적으로 원유를 시추할 수 있다면, 북시베리아 파이프라인을 이용해 채굴한 원유를 국내는 물론 더 나아가 일본에도 공급할 수 있다는 이야기였다.

일본에 공급이 이루어지지 않는다 해도 정유 공장의 설립과 함께 전국적인 주유소 체인망을 구축하게 되면 막대한 이익을 남길 수 있다는 점도 강조했다.

'이 정보를 내게 말하지 않았었군……. 나와 거리를 두려는 건가?'

"음, 이 차장이 거기까지 보고 있었는지는 미처 몰랐네. 그런데 룩오일이 이 지역의 탐사 광구를 우리에게 넘긴다는 보장이 없잖아."

"사하공화국의 탐사 지역은 너무 광대합니다. 여길 다 탐사하고 조사하려면 막대한 경비뿐만 아니라 시간이 너무 걸리지요. 지도를 보시면 아시겠지만, 한반도의 30배 크기니까요."

박명준은 이중호보다 자원 개발부에 늦게 참여했다.

그 때문인지 이중호가 얼마나 많은 자료를 조사했는지 박명준은 알지 못했다.

"음, 그러면 이 차장은 2차 북시베리아 파이프라인에서 승부를 보겠다는 건가?"

"바로 보셨습니다. 1차 파이프라인이 완성되어야만 2차 파이프라인의 공사가 이루어질 것입니다. 아직 어느 지역을 통과할지도 정해지지 않았으니까요. 우리가 만약 탐사 광구를 확보해 그곳에서 원유나 천연가스가 발견된다면 파이프라인의 지도가 달라질 것입니다. 룩오일이 생각보다 자금력이 탄탄하다고 해도 2차 파이프라인의 공사도 외부의 투자 자금이 필요합니다. 더욱이 이곳을 선점한 후 국내외 기업에……."

이중호는 다른 기업보다 한발 먼저 앞서가자는 말이었다. 당장 이익이 보장되는 것보다 잠재적인 값어치를 올려놓을 수 있는 광구를 선점하자는 취지였다.

상황이 여의치 않으면 탐사 광구는 언제든지 되팔 수 있었다.

이중호의 말은 그럴싸했고, 가능성도 나쁘지 않았다. 하지만 자원 개발 특성상 단기 투자가 아닌 지속적으로 막대한 투자금이 들어갈 수 있었다.

만약 탐사에 실패한다면 투자금을 회수하기 힘들었다.

"음, 무슨 말인지 알겠네. 한데 내가 볼 때는 탐사 구역이 광범위하고 경험 부족으로 인한 실패 가능성도 있으니, 차라리 국내 기업들과 컨소시엄 형태로 진행하는 것이 어떨까?"

룩오일이 사하공화국 내 탐사 광구를 넘길지는 모르겠지

만, 탐사 지역 내의 환경과 지리에 익숙하지 않다는 것이 문제였다. 더구나 전적으로 현지 인력에 의존해야 할 수밖에 없다는 점도 단점이었다.

하지만 한국석유공사와 함께 참여한다면 전문 인력의 도움을 받을 수 있었다.

"큰 이익을 가져올 수 있는 사업을 나누기는 싫습니다."

이중호는 이미 확실한 성공을 가져올 것처럼 말했다.

'중호의 말대로 큰 이익을 가져올 수도 있겠지……. 그러나 그에 못지않은 손해도 볼 수 있는 곳인데…….'

박명준도 자원 개발 사업이 하이 리스크라는 것을 잘 알고 있었다.

이중호의 말대로 북시베리아 파이프라인의 지분을 얻고 원유 발견 가능성이 큰 탐사 광구를 손에 넣을 수 있다면 모험을 해볼 만했다.

문제는 룩오일이 그 가능성을 열어줄 열쇠를 건네주느냐였다.

"룩오일이 우리와 끝내 계약을 하지 않으면 어떻게 하겠나?"

"무슨 일이 있더라도 반드시 성사시킬 것입니다. 안 되면 회사 관계자들에게 약을 쳐서라도요."

이중호는 룩오일과의 계약에 모든 것을 걸은 사람처럼

말했다.

두 번째 회의도 평행선을 달렸다.

룩오일은 대산그룹의 투자 제의에 시큰둥한 반응을 보일 뿐, 이중호가 원하는 쪽으로 회의가 진행되지 않았다.

대산그룹 자원 개발팀의 실무진도 계약의 가능성을 거의 포기하는 모습이었다.

잠시 휴식 시간을 갖기로 한 협상 팀의 표정은 상반되었다.

룩오일의 직원들은 밝고 편안한 모습이었지만 대산그룹의 실무진들의 표정은 어두웠다.

4~5개월 동안 야근은 물론이고 밤을 지새우며 준비한 프로젝트가 싹을 틔우기도 전에 끝나 버릴 것처럼 보였기 때문이다.

보고서를 준비하고 현지를 조사하는 과정에서 보았던 룩오일은 분명 외부 투자가 필요한 상황이었다.

그런데 한 달 만에 갑작스럽게 상황이 달라진 것이다.

"자금을 어디서 투자받은 걸까요?"

진한 커피를 마시던 이중호는 의문이 들었다.

"후! 유럽 쪽은 아닌 것 같은데. 혹시 일본 쪽인가?"

담배 연기를 뿜어내는 박명준도 답답하기 마찬가지였다.

"요즘 일본이 미쓰비시를 중심으로 적극적으로 자원 개발에 투자를 하고 있으니, 가능성이 없지는 않겠네요."

이중호의 말처럼 일본은 미쓰비시와 미쓰이 종합상사가 적극적으로 러시아 자원 개발에 뛰어들고 있었다.

"여러 가지 상황을 종합할 때 룩오일은 우리가 생각했던 것 이상으로 상당한 자금력을 가진 모양새야."

박명준과 이중호 두 사람은 메데인 카르텔이 소유했던 자금이 룩오일에 흘러들어 간 것을 알지 못했다.

"외부로 알려지고 겉으로 드러난 자료로는 한계가 있었던 것 같습니다."

"그래, 맞아. 러시아는 숨겨진 것들이 너무 많은 것 같아."

러시아는 한국과는 너무 다른 환경이었다. 다시 시작된 협상에서도 큰 진전을 보이지 못했다.

이중호와 박명준은 마지막까지 여러 가지 조건을 달리하면서 협상을 끌어내려 했지만 끝내 실패했다.

실망감이 커서일까? 이중호는 협상 테이블에서 쉽게 일어날 수가 없었다.

'후후! 이대로 한국으로 돌아가면……. 내가 너무 쉽게 생각한 건가?'

허탈한 표정의 박명준도 이중호에게 호텔로 돌아가자는 말을 쉽게 할 수 없었다.

협상 테이블에 앉았던 자원 개발부의 실무진들이 서류를 챙기고 하나둘 밖으로 나가자 박명준도 의자에서 일어났다.

"밖에서 기다리겠네."

"……."

박명준의 말에 이중호는 대답을 하지 않았다. 박명준이 회의실을 나가자 협상장에 홀로 남은 이중호는 멍하니 아름다운 그림이 그려져 있는 천장을 바라보았다.

"당분간은 뭘 할 수 없겠지……."

한국으로 돌아가면 회사의 피해만 끼친 자신을 향해 화살을 날릴 사람들의 얼굴이 떠올랐다.

"경험 부족이라……."

이번 프로젝트를 반대하던 인물들이 제일 많이 던졌던 말이었다.

그때였다.

룩오일의 협상 대표였던 쿠즈민 이사가 안으로 다시 들어왔다.

"하하! 여기 계셨군요. 전 돌아가신 줄 알았습니다."

"무슨 일이 있습니까?"

쿠즈민의 말에 이중호의 얼굴에는 물음표가 가득했다.

"좋은 소식을 전해드리려고 왔습니다. 저희 회장님께서 대산그룹의 제안을 긍정적으로 검토하라는 지시가 있었습니다."

"정말이십니까?"

"그렇습니다. 회장님이 대산그룹의 열정을 높이 사신 것 같습니다."

쿠즈민의 말에 이중호의 입가에 환한 웃음이 퍼져 나가고 있었다.

대산그룹의 자원 개발 팀은 모스크바를 떠나가라 소리를 지르며 술을 마셨다.

불가능해 보였던 룩오일과의 계약 가능성을 극적으로 열어놓은 것이다.

"하하하! 수고했어. 정말이지 이번에 중호를 다시 보게 됐어."

박명준은 이중호의 빈 술잔에 술을 따라주며 말했다.

'후후! 앞으로 제대로 보게 될 거야. 내가 어떤 길을 걸어가는지를……'

"아닙니다, 저 혼자 했나요. 형님과 직원들의 도움이 컸습니다."

이중호는 머릿속에 말과 다른 말을 입 밖으로 내뱉었다.

"어떻게 했길래 쿠즈민의 생각을 바꾼 거야?"

박명준은 궁금한 표정으로 물었다.

"공짜로 이야기하긴 좀 그런데요."

이중호는 여유로운 표정으로 농담을 던졌다.

"하하하! 알았어. 내가 한국에 돌아가면 한턱낼게."

"솔직하게 한 번만 기회를 달라고 사정하듯 매달렸습니다. 어떤 회사들과 계약을 할지는 모르지만 대산그룹을 놓친다면 룩오일은 앞으로 큰 후회를 하게 될 것이라고……. 그때 마침 룩오일의 회장이……."

이중호는 사실과 다르게 살을 붙여서 이야기를 꺼냈다. 한마디로 자신이 아니었다면 계약은 물 건너갔을 것이라는 말이었다.

"야! 이거 정말 한 편의 드라마인데. 자! 우리 모두 이 차장을 위해 건배하자고."

박명준의 제의에 함께 술을 마시던 자원 개발부 직원들이 잔을 높이 들었다.

"이 차장님을 위하여!"

"아니지, 차기 회장님을 위하여지."

한 직원이 술기운 때문인지 꽤 앞서가는 말을 꺼냈지만 좋은 분위기 때문에 술자리에 함께한 직원들은 큰소리로

외쳤다.

"차기 회장님을 위하여!"

"위하여!"

이중호는 그러한 모습을 즐기는 듯 흰 이빨을 드러내며
웃고 있었다.

＊　　　＊　　　＊

룩오일과 대산그룹 간의 사화공화국 내 탐사 광구에 대
한 계약이 이루어졌다.

노바테크가 소유했던 탐사 광구들도 흡수한 룩오일은 사
화공화국의 탐사 지역 전부를 소유하고 있다고 볼 수 있었
다.

한마디로 룩오일은 이제 알로사와 함께 사화공화국에 없
어서는 안 될 기업이었다.

룩오일이 대산그룹에게 넘긴 탐사 광구들은 경기도와 강
원도를 합한 크기였다.

그 대가로 대산그룹은 15억 달러를 3년에 걸쳐 5억 달러
씩 룩오일에 지급하기로 했다. 또한 북시베리아 파이프라
인의 우선 협상 대상자로 선정되었다.

대산그룹이 투자를 결정한 이유 중 하나는 사하공화국의

인프라가 생각보다 잘 갖추어졌고, 룩오일의 영향력이 크다는 점이었다.

사하공화국의 수도인 야쿠츠크에 있는 공항도 확장되어 현대화된 상태였고, 항공기의 편수도 증편된 상황이었다.

또한 룩오일과 알로사의 투자로 인해 외부에서 상당한 인력들이 야쿠츠크로 몰려들고 있다는 점도 높이 평가되었다.

거기에 투자가 결정된 탐사 광구들에는 원유와 천연가스 매장량이 상당하다는 보고서를 대산그룹이 극비리에 입수할 수 있었다.

그러나 그 보고서가 어디서 누구에 의해 작성되었는지는 알 수 없었다.

Chapter 11

신문과 방송에서는 대산그룹의 자원 개발 사업 진출 소식과 함께 최소 100억 달러 이상의 원유와 천연가스가 묻혀 있는 지역을 확보했다는 기사가 경제란을 가득 채웠다.

그중 대산그룹 10년의 먹거리를 찾았다는 기사가 눈에 띄었다.

그 덕분인지 대산그룹 계열사들의 주가들이 연일 상한가를 기록했다.

"하하하! 중호가 그럴 만한 배짱이 있는지 몰랐어."

이대수 회장은 박명준에게서 모스크바에서 있었던 일화

를 전해 들었다.

왠지 부족하게만 보였던 이중호가 큰 계약을 성사시킨 것이다. 언론에 보도된 것처럼 대산그룹의 새로운 성장 동력이 될 수 있는 자원 개발 사업의 첫 단추가 잘 끼워진 것이다.

"이 차장이 아니었다면 룩오일과 계약할 수 없었을 것입니다. 나중에 안 일이지만 일본의 미쓰비시와 현대 쪽에서도 지속해서 룩오일과 접촉을 시도했던 것 같습니다."

"잘했어. 앞으로 대산에너지를 탄탄하게 만들어 봐."

"예, 열심히 해보겠습니다."

대산그룹은 프로젝트 부서였던 자원 개발부를 독립시켜 대산에너지로 바꾸어서 새로운 회사를 설립했다.

대표는 박명준이 맡았고, 이중호는 룩오일의 계약 성공으로 차장에서 부장으로 승진해 전략 사업부의 부서장이 되었다.

반년도 되지 않아서 차장에서 부장으로 파격적인 승진이었지만 그 누구도 반대할 수 없었다.

그만큼 이번 룩오일과의 계약은 그룹 내의 인물들도 인정하는 분위기였다.

하지만 이중호와 박명준 모두 계약을 하는 과정에서 룩오일을 이끄는 표도르 강을 만날 수 없었던 게 아쉬웠다.

*　　　*　　　*

현재 연방방첩본부(FSK)를 이끌고 있는 세르게이 스테파신 연방방첩본부장이 스베르로 나를 찾아왔다.

러시아 국내 업무를 담당하고 있는 연방방첩본부는 실패한 쿠데타에 깊숙이 개입하였던 KGB의 힘을 빼기 위해 옐친 대통령에 의해서 KGB의 국내 부분을 분리된 기관이다.

해외 담당은 해외정보국(SVR)에서 정보활동을 펼치고 있었다.

두 기관은 내년인 1995년에 다시 연방보안국(FSB)으로 통합할 예정이다.

"여기, 부탁하신 것입니다."

스테파신 연방방첩본부장이 나에게 내민 것은 블라디미르 푸틴에 대한 조사 서류였다.

상트페테르부르크 해외위원회 위원장을 맡고 있는 푸틴에 대해 다방면으로 알아야만 했다.

그가 미국의 비밀 기관과 연계된 것을 비밀 요원인 제임스를 통해 알게 되었기 때문이다.

"감사합니다, 이건 부인께 드리는 선물입니다. 안부를 전해주십시오."

내가 내민 봉투에는 소빈뱅크에서 발급한 은행 카드가 들었고 20만 달러를 인출할 수 있었다.

"하하하! 제 안사람까지 챙겨주셔서 감사합니다."

스테파신은 봉투에 담긴 카드만을 챙겨 지갑에 넣었다.

"코사크의 수사권과 체포권은 어떻게 진행되고 있습니까?"

코사크는 러시아의 경찰처럼 수사와 체포를 할 수 있는 권리를 가지려고 시도하고 있었다.

이러한 권한은 법으로 규정된 사법 경찰권이라는 법적 권한이 부여되어야 행사할 수 있다.

사법 경찰권을 부여받을 수 있는 권한은 러시아 국가 기관에 소속된 국가 공무원만으로 한정되어 있었다.

현재 우리나라 국회에 해당하는 최고 회의를 보리스 옐친 대통령이 정치 안정을 목적으로 무력을 사용해 강제 해산시켰다.

다가올 12월 12일 총선을 통해 새로운 의회가 구성될 것이다.

입법부의 공백 기간 동안 모든 법률적인 문제를 옐친 대통령과 러시아 행정부가 처리할 수 있었다.

국회의 동의 없이도 사법 경찰권을 확보할 수 있는 지금이 코사크가 러시아에서 강력하게 성장해 갈 수 있는 절호의 기회였다.

"예린 내무장관과 이야기를 나누고 있습니다만, 그는 민간 경호 회사에 너무 과도한 권한을 부여한다는 생각입니다."

빅토르 예린 내무장관은 옐친 대통령이 신뢰하는 인물 중의 하나였다.

"러시아의 현실을 잘 아시지 않습니까? 코사크가 모스크바에서 활동하는 마피아 조직을 통제하지 않았다면 지금의 모스크바가 어찌 되었겠습니까?"

"코사크에 큰 도움을 받고 있다는 걸 예린 장관도 잘 알고 있습니다. 그래서 고민하는 것이지요."

"지금 경찰력과 치안력으로는 현 사태를 처리할 수 없습니다. 코스트로마에서 발생한 핵무기 탈취 사건은 저희가 아니었으면 끔찍한 상황이 일어났을 것입니다."

모스크바 북동쪽에서 200㎞ 떨어진 코스트로마의 SS24 전략 미사일 기지에서 핵탄두를 탈취하려는 조직적인 범죄가 발생했었다.

샤샤가 이끄는 말르노프 조직에서 이 사실을 먼저 알게 되었고, 코사크의 정보 팀이 증거를 확보해 스테파신에게 알려주었다.

스테파신 연방방첩본부장은 이 사건으로 나와 가까워졌

고, 서로의 업무를 돕고 있었다.

만약 핵무기가 탈취되어 러시아와 대립 중인 체첸 반군에 넘어갔다면 러시아의 도시 중에 하나가 핵 테러를 당했을 것이다.

"그때의 일은 정말 감사하게 생각하고 있습니다. 제가 강 회장님께 평생 갚아야 할 빚이기도 하고요."

핵무기 탈취가 이루어졌으면 스테파신은 지금의 자리에서 쫓겨났을 것이다.

"러시아 정부의 치안 예산으로는 이런 사태를 막을 수 없습니다. 오죽하면 모스크바에 FBI 지부가 개설되었겠습니까?"

올 7월에 러시아와 미국은 확산되는 국제 범죄 조직에 공동 대처하고 핵물질과 핵무기 도난 위험을 방지하기 위해 모스크바에 미국 FBI(연방수사국) 지부를 설치키로 합의했다.

모스크바 지부는 FBI의 22번째 해외 지부로 지부에는 모스크바 주재 미국 대사의 감독을 받는 5명의 특별 수사 요원이 상주했다.

그러나 러시아 연방 방첩 본부가 미국에 동등한 자격의 지부를 아직 설치하지 못하고 있었다.

이러한 사태는 러시아의 경제가 회복되지 않고 있어 정

보기관과 군대에 충분한 자금을 지원하지 못하기 때문이었다.

"저도 그 점을 안타깝게 생각하고 있습니다. 러시아의 심장에 적의 기지를 설립하게 하다니요."

러시아 일각에서는 미국의 FBI 모스크바 지부가 사실상 첩보 기관 성격을 띨 수 있다는 점 때문에 이들의 활동을 상당히 우려하는 분위기였고, 스테파신도 마찬가지였다.

이 모든 게 러시아와 구소련 연방에서 탈퇴한 독립국가연합에서 지속적으로 시도되는 핵무기 탈취 사건 때문이었다.

"이런 상황에서 코사크는 러시아에 꼭 필요한 존재입니다. 하지만 지금처럼 수동적인 형태로는 앞으로 코사크도 큰 힘을 발휘할 수 없습니다. 나날이 늘어나는 마피아의 범죄와 국제 조직과 연계된 범죄는, 경찰력과 연방방첩본부만으로는 힘에 부칩니다. 더구나 예산 문제로 인원 감축을 시도하고 있지 않습니까?"

모든 게 돈이 문제였고, 모스크바 경찰의 월급이 제때 지급되지 않기도 했다.

"후! 맞는 말씀입니다. 러시아는 지금 대내외로 심각한 상황입니다."

한숨을 내쉬는 스테파신의 말처럼 국제 범죄조직에 적극

적으로 대처해야만 할 상황에서 예산 부족이 발목을 잡고 있었다.

"코사크가 다른 도시들로 진출하려고 할 때마다 큰 저항에 부닥치고 있습니다. 더구나 부패한 경찰들이 마피아와 결탁해 저희의 일을 방해하는 것이 더 큰일입니다. 제가 요구한 상황이 해결되지 않으면 코사크는 앞으로 마피아의 문제에서 발을 뺄 것입니다."

코사크는 현재 모스크바와 사하공화국 등 몇몇 도시의 치안과 관련해 상당히 큰 역할을 담당하고 있었다.

"음, 알겠습니다. 제가 예린 내무장관을 어떻게든 설득하겠습니다."

"그래 주셔야만 본부장님의 앞길을 제가 도울 수 있습니다. 그리고 내년에 분명히 연방방첩본부와 해외정보국 양쪽 기관이 다시 하나로 합쳐질 것입니다."

내 말에 스테파신의 눈이 커졌다.

"절 믿고 믿음을 주신 만큼 저도 강태수 회장님께 믿음을 보여드리겠습니다."

해외정보국을 맡고 있는 이반느 블리노브는 세르게이 비서실장의 사람이었다.

나는 블리노브 대신 연방방첩본부장인 스테파신을 선택했다.

나의 목표는 러시아의 어떠한 기관도 법적으로 코사크를 감독할 수 없게 만드는 것이었다.

* * *

블라디미르 푸틴이 내 눈앞에 모습을 드러냈다.

푸틴은 1975년부터 구소련의 국가안보위원회(KGB) 해외 정보국에 들어가 곧바로 동독에 파견되었다가 80년대 말 귀국했다.

17년간 KGB에서 활동한 그는 귀국 후 레닌그라드 대학 부총장을 역임한 후, 91년 소련 붕괴 이후 재빨리 상트페테르부르크를 이끌던 개혁 주도 세력에 가담했다.

그 후 아나톨리 소브차크 상트페테르부르크 시장의 특별 보좌관이 되어 개혁 작업을 도왔고, 부시장을 거쳐 현재 상트페테르부르크에서 해외위원회 위원장을 담당하고 있었다.

푸틴은 아직 정치계에서 햇병아리와 같은 모습이었다.

아니, 어쩌면 하늘로 부상하기 위해 발톱을 숨기고 있는 야심에 찬 독수리라고 말할 수도 있었다.

내 앞에서 웃음으로 날 반기고 있었지만, 푸틴 특유의 눈빛은 날카롭기 그지없었다.

"상트페테르부르크에 방문하신 걸 환영합니다."

푸틴은 또한 독일에 근무하는 동안 뛰어난 협상력을 보여 노련한 추기경이라는 별명을 갖고 있었고, 오랜 독일 생활에 서방 세계에 정통했다.

"환영해 주서서 감사합니다. 표도르 강이라고 불러주십시오."

내가 손을 내밀자 블라디미르 푸틴은 힘 있게 내 손을 잡았다.

올해 42살인 블라디미르 푸틴은 나이보다 훨씬 건강해 보였다.

"강 회장님께서 상트페테르부르크에 관심을 가져주서서 감사합니다. 이번 투자로 인해 상트페테르부르크의 경제에도 큰 도움이 되었습니다."

푸틴이 맡고 있는 해외위원회 위원장은 외국 기업들의 투자 유치에 힘을 쏟는 자리였다. 그는 또한 대표자 회의 의장 보좌관도 함께 겸직하고 있었다.

"저는 상트페테르부르크의 향후 발전성을 높이 평가하고 있습니다. 앞으로도 꾸준한 투자를 마음에 두고 있습니다."

"그렇게 생각해 주시니 감사합니다. 제가 도울 일이 있으면 언제든지 말씀해 주십시오, 최선을 다해 돕겠습니다."

푸틴은 내가 러시아에서 어떤 위치와 대접을 받고 있는

지 잘 알고 있었다.

또한 러시아 중앙정부의 핵심 권력층과의 유대관계나 옐친 대통령과의 두터운 친분도 파악하고 있었다.

"그렇게 말씀해 주시니까, 한 가지 부탁이 있습니다."

"어떤 일이십니까?"

즉각적으로 내가 반응하자 푸틴의 표정이 살짝 달라졌다.

"미국의 제임스라는 인물이 나에게 푸틴 위원장을 옐친 대통령에게 소개해 주라고 하더군요. 제가 알기로는 제임스는 주러미국대사관과 CIA와도 연관된 인물이었습니다."

말이 끝나자마자 푸틴의 표정을 살폈다. 하지만 그는 내가 도대체 무슨 말을 하는지 모르겠다는 표정이었다.

"하하! 상당히 당황스러운 말씀을 하시는군요. 저는 제임스라는 인물을 알지도 못합니다. 제가 아닌 다른 사람과 착각하신 것 아닌지 모르겠습니다."

"착각하지 않았습니다. 제임스를 베를린에서 만나셨더군요."

베를린이라는 말에 푸틴의 눈꼬리가 살짝 올라가는 것이 보였다.

"베를린의 이전에 제가 KGB에서 일할 때 근무했던 지역입니다. 그곳에서 다양한 인물들과 만나기는 했습니다. 한데 저한테 이런 질문을 하시는 이유가 무엇입니까?"

푸틴은 표정에 큰 변화 없었고 흔들리지 않았다.

"저 또한 제임스에게 위협을 받았었기 때문입니다. 동병상련의 마음으로 질문한 것이지요."

그제야 푸틴의 표정이 바뀌었다.

"원하는 것이 무엇입니까?"

푸틴의 목소리는 사뭇 위협적이었다.

"제 편이 되어주셨으면 합니다. 그러면 진심으로 제가 푸틴 위원장을 돕겠습니다. 저 또한 미국에 대항할 수 있는 강한 러시아를 원하니까요."

말을 마친 나는 품속에서 사진 한 장을 꺼내 푸틴에게 내밀었다.

그 사진 속에는 푸틴과 미국의 비밀 요원인 제임스가 만나는 장면이 들어 있었다.

*　　　*　　　*

상트페테르부르크에서 열린 라두가 자동차 개원식에는 상트페테르부르크를 움직이는 권력가와 유명 인사들이 죄다 모여들었다.

그중에는 블라디미르 푸틴도 함께했다.

시종일관 얼굴에서 미소가 떠나지 않는 푸틴은 나를 보좌하듯이 내 곁에 서서 상트페테르부르크의 인사들을 하나씩 소개해 주었다.

"소브차크 시장님이십니다."

"이렇게 뵙게 되어 영광입니다."

소브차크뿐만 아니라 인물 대다수가 나와의 만남을 진심으로 기뻐했다.

내가 가진 위상과 부는 러시아에서 그 누구도 쉽게 가질 수 없었다.

"반갑습니다. 시장님께서 라두가 자동차를 많이 도와주셔야 합니다."

"하하하! 말씀만 하십시오, 언제든지 도울 준비가 되어 있습니다."

그의 말처럼 라두가 자동차의 행정적인 업무 절차가 다른 기업들과 달리 신속하게 마무리되었다.

러시아 중앙관리들뿐만 아니라 지방정부의 관리들도 나의 눈치를 살필 정도로 나의 위상은 계속 커졌다.

"감사합니다. 저희는 모스크바뿐만 아니라 상트페테르부르크에도 지속적인 투자를 진행할 예정입니다."

내 말은 사실이었다. 라두가 자동차를 필두로 코사크가 사업을 시작했다.

또한 도시락 판매장과 알로사의 지사도 상트페테르부르크에 들어설 예정이다.

"제가 감사해야 할 일입니다. 사실 상트페테르부르크의 경제 여건이 나빠지는 상황에서 이런 투자를 진행해 주시니 정말 감사합니다."

모스크바에서 일어난 옐친 대통령과 보수파 의원들의 충돌은 러시아 전역에 긴장감을 유발했다.

그러한 여파가 대외적인 투자를 위축시키고 경제지표들을 하향 추세로 이끌었다.

"저는 옐친 대통령의 지도력을 믿고 있습니다. 그분의 통찰력과 위기관리 능력은 러시아를 강대한 나라로 이끌 것입니다. 그걸 믿고 있기 때문에 제가 지속적인 투자를 할 수 있는 것입니다."

소브차크 시장 주변에는 기자들이 있었다. 기자들은 내가 한 말을 빠르게 적었다.

내일 자 모스크바와 상트페테르부르크 신문들에는 내가 한 말들이 실릴 것이고, 크렘린 궁전에 있는 옐친 대통령의 귀에도 전달될 것이다.

그때 카메라 기자가 나를 찍으려고 하자 코사크 경호원이 제지했다.

아직은 내 얼굴이 신문이나 TV 방송에 나가는 걸 허락하지 않았다.

라두가 자동차의 개원식이 끝나고 판매장이 개방되자 수천 명의 상트페테르부르크 시민이 몰려들었다.

미국에서 들여온 2천 대의 중고 자동차는 종류와 브랜드별로 넓은 판매장 부지에 전시되어 있었다.

미국에서 건너온 중고 자동차들은 몇 년이 지나면 폐차를 해야 하는 것들이 아니었다.

러시아의 상당수 중고 자동차 판매상들은 폐차 직전의 차들을 들여와 겉모습만 바꾸어서 판매하는 일들이 많았다.

하지만 라두가는 엔진과 핵심 부품들까지 완벽하게 점검한 상태로 들여왔고 판매하는 자동차의 부품들도 함께 수입했다.

품질과 가격이 합리적인 라두가 자동차 판매장 옆으로는 자동차 정비소까지 갖추어져 있었고, 러시아에서는 처음으로 중고 자동차 판매와 함께 사후 관리까지 받을 수 있는 서비스 체계를 갖추어 놓았다.

경제 여건이 좋지 않은 상황이었지만 러시아 국민들은 차에 대한 열망이 대단했다.

모스크바와 상트페테르부르크에서만 일주일 사이에 2천

대가 팔려 나갔다.

라두가 자동차에 대한 품질과 서비스에 대한 입소문이 퍼져 나가자 판매장이 오픈하지 않은 러시아의 다른 도시들도 라두가 자동차가 하루라도 빨리 개장되기를 원했다.

5천 대가 들어왔던 중고 자동차는 가파른 판매 추이로 인해 다시금 추가로 3천 대를 추가로 주문하게 되었다.

*　　　　*　　　　*

스테파신 연방방첩본부장과 다시 만났다.

"정보부에 보관 중인 블라디미르 푸틴과 연관된 기록들을 모두 파기해 주십시오."

푸틴이 나에게 협조하겠다는 조건이었다. 구소련의 KGB에서부터 보관해 온 푸틴의 자료와 기록 중 그에게 불리한 자료들이 적지 않았다.

정치적인 야망을 품고 있는 푸틴에게 걸림돌이 충분히 될 수 있는 것들이었다.

"그가 함께하기로 했습니까?"

"예, 전략적인 동반자로서 끝까지 갈 것입니다."

"푸틴은 보통 야심가가 아닙니다. 더구나 그를 돕고 있는 해외정보국(SVR) 소속의 요원들도 적지 않습니다."

스테파신은 푸틴에 대해 우려 섞인 말을 했다.

KGB에서 17년간 근무했던 푸틴은 해외정보국 소속의 인물들과 친분이 두터웠다.

"야심가이기 때문에 선택한 것입니다. 그는 주고받는 것이 확실한 사람입니다. 또한 적과 아군을 확실히 구별하지요."

"그렇다면 대비책은 마련하셨습니까?"

스테파신의 말에 나는 말없이 고개를 끄떡였다. 그의 말처럼 푸틴은 위험한 인물이었다.

"강 회장께서 요청하신 코사크에 대한 수사권과 체포권을 허용하기로 했습니다. 강 회장님께서 상트페테르부르크에서 하셨던 말씀에 크게 기뻐하셨습니다. 그 때문인지는 모르겠지만, 옐친 대통령께서 특별한 지시가 있었습니다."

사실 상트페테르부르크에서, 기자들 앞에서 한 이야기는 정략적으로 뱉은 말이었다. 사실 옐친이 진행하는 여러 가지 정책은 이렇다 할 성과를 내지 못하고 있었다.

"하하하! 아주 기쁜 소식이군요."

절로 웃음이 나왔다.

코사크가 러시아의 사법 당국처럼 수사권과 체포권을 가졌다는 것은 러시아에서 제3의 세력으로 급부상할 수 있는 것이었다.

"문제는 예린 내무장관이 코사크를 관리 감독할 수 있는 권한을 두길 원합니다."

어쩌면 그건 당연한 요구일 수 있었다. 하지만 그렇게 되면 코사크는 반쪽짜리 날개만 달린 독수리가 될 수 있었다.

"음, 그건 곤란합니다. 그렇게 되면 코사크가 진행하는 업무와 사업에도 관여하게 될 것입니다. 예린 장관과 한 번 만나야겠습니다."

"예린까지 끌어들이실 것입니까?"

스테파신은 예린을 경계하듯 말했다.

"아닙니다, 저는 스테파신 본부장님만 있으면 됩니다."

"그럼 어떻게 해결하실 것인지 여쭤봐도 되겠습니까?"

"예린을 크렘린으로 보내야겠습니다."

"예, 크렘린으로······."

내 입에서 전혀 예상치 못한 말이 나왔는지 스테파신은 내 말에 매우 놀라는 모습을 보였다.

Chapter 12

빅토르 예린 내무장관은 몇 번 인사를 나누었지만 단둘이 만나는 것은 처음이었다.

"많은 것을 가지셨는데도 강 회장님께서는 너무 욕심이 많으신 것 같습니다."

"저는 욕심이라고 생각하지 않습니다. 회사를 성장시키고 보호하기 위한 자위 수단이라고 볼 수 있습니다."

"러시아 정부를 믿지 못하신다는 말씀입니까?"

"러시아 정부를 믿지 못하는 것이 아니라 치안력을 믿지 못하는 것이지요. 마피아들의 총구는 어디를 겨누고 있는

지 모르기 때문이기도 합니다. 제가 보는 견지에서는 마피아들을 이대로 나눈다면 현재의 경찰력으로는 이들을 감당할 수 없습니다. 코사크는 경찰과의 협조를 통해서 이러한 일들을 해결할 수 있는 대안이라고 말씀드릴 수 있습니다."

"코사크의 역할은 저도 충분히 공감합니다. 하지만 코사크가 경찰을 대신할 수는 없습니다. 또한 통제를 벗어난 총구가 러시아를 향해 총을 발사할 수도 있습니다. 수사권과 체포권은 코사크에게 허락한 것도 사실 있을 수 없는 일입니다. 코사크는 내무부 통제 아래에 있어야 합니다."

"하하하! 좋습니다, 내무부 통제 아래에 두지요. 대신 코사크가 사용하는 예산의 절반을 지원해 주십시오."

"예산을 말입니까?"

"그렇습니다. 내무부 통제를 받는 코사크는 예린 장관님의 명령도 들어야 하지 않겠습니까? 저희가 투자를 하여 힘들게 키운 코사크 대원들을 통제하신다는데, 손해를 볼 수는 없지요."

"얼마의 예산을 말입니까?"

"미화로 1억 5천만 달러입니다. 솔직히 더 많은 금액이 들어가지만, 이 금액으로 양보하지요."

"아니! 그렇게나 많이 들어갑니까? 한 해에 3억 달러를 쓰신다고요."

"정확하게 3억 2천7백만 달러지요. 그거도 아주 보수적으로 잡은 예산입니다. 우수한 대원들에게 자금이 투자되는 만큼 실력을 발휘할 수 있고 고객을 유치할 수 있습니다."

내 말에 예린 장관은 할 말을 잃었다. 일선 경찰의 월급도 제때 나가지 못하는 상황에서 1억 5천만 달러를 지원한다는 것은 불가능한 일이었다.

"저희는 그만한 금액을 지원할 수 없습니다. 아니, 그럴 형편이 되지 않습니다."

"예린 장관님께서는 사업에 대해서 잘 모르시는 것 같습니다. 뭐든지 투자한 만큼 되돌아오는 법입니다. 코사크를 통제하고 싶으시다면 그만한 투자가 필요한 것입니다."

"코사크는 법적인 절차 아래에서 통제되어야만 합니다. 그래야만 수사권과 체포권을 허락할 것입니다."

"이미 옐친 대통령께서 코사크에 대한 수사권과 체포권을 허락한 것으로 알고 있습니다. 예린 장관님께서는 지금 코사크를 손안에 넣으려고 하시는 것입니까?"

"하하하! 제가 어떻게 그럴 수 있겠습니까? 저는 자칫 초법적인 단체가 될 수 있는 코사크에게 법적인 제도 장치를 마련하자는 것입니다."

"그게 곧 예린 장관님의 손에 코사크를 쥐게 한다는 말이지요. 예산을 지원해 주신다면 그렇게 하겠습니다. 아니면 코사크를 이대로 두시지요. 마피아들과의 전쟁에서 이길 수 있도록 말입니다."

마피아는 예린 장관의 가장 큰 골칫거리였고, 언론에서는 연일 러시아 경찰의 무능함을 성토했다.

더 높은 곳을 향해 올라가려는 예린의 발목을 잡는 일이기도 했다.

"후후! 정말이지 절 힘들게 하시는군요."

"저는 러시아를 위해서 열심히 일하고 있습니다. 하지만 열심히 일하는 것만으로는 힘에 부치는 상황에 놓여 있습니다. 저는 러시아에 대한 외부의 투자가 더욱 많이 이루어지길 희망하고 저 또한 투자를 진행할 것입니다. 하지만 지금과 같이 치안 상태와 마피아들의 위협에서는 힘들 것입니다. 러시아를 위해서는 코사크에게 힘을 주어야만 합니다."

"돈에 이어서 권력까지 가지시려는 것은 아닙니까?"

예린은 의심스러운 눈초리로 나에게 물었다.

"아닙니다. 코사크는 분명 이익을 도모하는 기업이며 손해가 발생하는 일은 진행하지 않습니다. 장관님이 우려하는 상황은 발생하지 않을 것입니다. 그리고 이건 예린 장관님께 도움이 되는 것입니다."

나는 서류 가방에서 서류철을 꺼내 예린에게 내밀었다.

현재 예린 내무장관과 세르게이 대통령 비서실장은 사이가 좋지 않았다. 더구나 비리로 물러날 것이라고 예상했던 세르게이가 물러나지 않고 버티고 있었다.

옐친 정권의 초장기부터 함께해 온 동지이자 친구인 세르게이가 여러 건의 비리 사건에도 버티자 옐친은 큰 부담이었다.

더구나 옐친의 통치 자금을 관리하던 세르게이였기 때문에 옐친은 이러지도 저러지도 못하고 있었다.

세르게이 비서실장의 수사가 신속하게 진행되었다.

옐친의 통치 자금 중 일부를 유용한 사실과 추가로 모스크바를 장악하고 있는 6대 마피아 그룹 중 두 곳과 연관된 사실도 드러났다.

보고를 받은 옐친 대통령은 격노했고, 내무부 소속 특수 수사 팀과 러시아 중앙검찰이 합동으로 세르게이를 조사했다.

그의 집과 집무실이 압수수색을 당했고 외국에서 공부 중인 아들딸도 조사 대상에 포함되어 조사가 이루어졌다.

세르게이와 연관된 관료들도 해임 또는 검찰의 조사를 받았다.

세르게이는 모함을 받았다고 주장했지만 명백한 증거들 앞에서는 그의 주장은 힘을 잃고 말았다.

언론이 눈치채기 전에 재빠르게 이루어졌고 세르게이 비서실장은 곧바로 해임되었다.

한때 나는 새도 떨어뜨릴 수 있는 권력을 쥐었던 세르게이는 과도한 욕심과 잘못된 판단으로 인해 순식간에 몰락의 길로 들어서고 말았다.

예린 장관에게 건네준 자료에는 나와 세르게이의 거래는 모두 빠져 있었다.

옐친 대통령에게 있어서 입안의 썩은 충치와도 같았던 세르게이를 해결해 준 예린 내무장관은 세르게이가 수감되고 며칠 후, 대통령 비서실장으로 임명되었다.

내무장관은 곧바로 임명되지 않았고, 며칠간 공석이 된 상황에서 코사크에 대한 수사권과 체포권을 부여하는 법률이 모호한 상태에서 처리되었다.

러시아 내무부와 연방방첩본부가 코사크에 협조를 요청할 수 있다는 문구는 있었지만, 러시아의 어떤 기관도 코사크를 통제한다는 법률 조항은 없었다.

또한 코사크와 연관된 법률적인 조항의 변경은 오로지 대통령만 할 수 있다고 명시되었다.

그 또한 코사크가 자발적으로 법률 수정을 요청할 때만

이었다.

한마디로 코사크에 연관된 법 조항들은 모호하고 느슨하게 만들어졌고 변경하기 힘들게 해놓았다.

더욱이 코사크는 연방방첩본부와 러시아 경찰에게서 정보를 공유할 수 있게 해놓았다.

내년 연방방첩본부와 해외 정보국이 하나로 통합되어 연방보안국(FSB)이 창설되면 해외 정보국이 보유하고 있는 고급 정보들도 코사크가 입수할 수 있게 된다.

"코사크의 정보 팀을 정보 센터로 격상하고 인력도 35명을 추가로 충원했습니다. 향후 러시아 연방보안국이 탄생하면 그에 맞추어 인력을 더 수급할 예정입니다."

이제는 정보 센터장으로 승격한 보리스 정보 센터장의 보고였다.

현재 코사크 정보 센터에는 135명이 근무하고 있었다.

"러시아 첩보 위성을 이용할 방안은 마련되었습니까?"

"예, 코사크 법률의 추가적인 옵션 조항이 추가되어 현재 러시아 국방부와 해외 정보국에 서류를 보냈습니다. 국방부 장관과 해외 정보국장의 허가가 떨어지는 대로 코사크도 첩보 위성을 활용할 수 있습니다."

"추가적인 첩보 위성 제작에 코사크가 자금을 지원할 것입니다. 새로운 위성의 회선은 우리가 직접 이용할 수 있을 것입니다. 그에 대한 대비도 철저히 준비하시길 바랍니다."

러시아 정부는 자금 사정으로 인해서 구소련 때부터 계획했던 최신 첩보 위성을 지구 밖으로 쏘아 올리지 못했다.

중단된 첩보 위성 Yanter—FR 프로젝트를 코사크의 지원으로 다시금 가동하게 된 것이다.

러시아의 첩보위성 프로그램들은 극비 사항이며 미국과 더불어 세계 최고의 정찰 위성 기술을 보유하고 있다.

"예, 준비해 놓겠습니다."

"예린 비서실장의 조사는 어떻게 되었습니까?"

새롭게 대통령 비서실장이 된 예린을 코사크 정보 센터에서 철저하게 조사하고 있었다.

"유럽 쪽 철강 회사와 연관된 자료를 확보했습니다. 영국에서 공부 중인 그의 아들 폴리세츠카야가 두 번에 걸쳐 마약상을 통해 코카인을 공급받은 사실도 알아냈습니다. 예린은 그 사실을 알지 못하고 있습니다."

"음, 계속 조사를 진행하십시오. 예린이 언제 우리에게 화살을 돌릴지 모르니까요."

"예, 알겠습니다."

보리스가 보고를 마치고 집무실을 나갔다.

코사크는 확대되고 있었다. 현재 코사크의 직원은 천여

명에 달했고 계속해서 우수한 인재들을 충원하고 있었다.

최신형 수송 헬기와 전투 차량을 추가로 구매했고 코사크 타격대가 이용할 수송기까지 확보 중이었다.

3대의 수송기가 확보되면 코사크 타격대는 러시아 전역을 커버할 수 있었다.

*   *   *

노바테크와 유코스의 합병이 끝나자마자 두 회사의 앞자리를 추가해 지주 회사인 룩오일NY가 설립되었다.

룩오일NY는 룩오일, 코사크, 라두가 자동차, 알로사, 소빈뱅크를 소유한 지주 회사로 새롭게 탄생되었다.

지주 회사는 타 회사의 주식(지분) 소유를 통해 소유된 회사의 사업 내용을 지배, 관리하는 것을 유일한 업무로 하는 회사였다.

룩오일NY 자산은 5억 달러이며 출자된 금액의 30%를 내가 투자했고, 나머지는 소유하고 있는 러시아의 다섯 개 회사들과 닉스홀딩스에서 투자되어 각각 투자된 금액만큼의 지분을 나누어 가졌다.

러시아의 허술한 법 조항과 과도기적인 행정 절차를 이용하여 룩오일NY 지분 중 70%를 내가 소유할 수 있게끔 하였다.

닉스홀딩스 또한 한국에 운영 중인 회사들을 통합 운영하기 위해 만든 지주 회사였고, 5%의 룩오일NY 지분을 보유하게 되었다.

한편으로 룩오일NY도 한국의 닉스홀딩스 지분 10%를 보유했다.

룩오일NY는 룩오일과 코사크, 알로사, 소빈뱅크, 라두가 자동차와의 지분 교환 형식으로 회사별 지분을 50% 이상씩 획득하게 되었고, 나머지 지분을 내가 소유하게 되어 더욱 지배 구조를 공고하게 만들었다.

룩오일NY 그룹의 탄생은 러시아 제일의 기업 탄생을 알리는 신호탄이었다.

룩오일NY의 창업을 기념한 파티에는 러시아의 정치인들과 유력 인사, 올리가르히(Oligarch)를 포함한 경제인 등을 비롯하여 보리스 옐친 대통령까지 참석해 격려사를 해주었다.

"러시아가 처한 어려움을 헤쳐 나가는 데 있어서 룩오일NY와 같은 회사들이 주축이 되어야만 합니다. 더욱이 룩오일NY는……. 끝으로 나의 절친한 친구이자 러시아에 없어서는 안 될 인물인 표도르 강 회장에게 진심으로 감사하다는 말을 전하고 싶습니다."

옐친 대통령의 격려사가 끝나자 파티장의 조명이 옐친과 나를 동시에 비쳤다.

그러자 파티에 참석했던 사람들이 너 나 할 것 없이 힘찬 박수와 열렬한 환호성을 질렀다.

옐친 대통령이 나에 대한 관심과 확고한 믿음을 다시 한 번 보여준 날이었다.

오늘 파티에 참석할 수 있다는 것은 러시아에서 성공한 인물이거나 유명 인사라는 뜻이었다.

초대장은 선별된 300명에게만 보내졌고, 초대를 받지 못한 사람들은 파티에 참석하기 위해서 로비를 벌이기도 했다.

"축하합니다, 강 회장."

옐친 대통령은 나를 안으며 진심으로 기뻐해 주었다.

"감사합니다. 바쁘신데 귀한 시간을 내주셔서 정말 감사 드립니다."

옐친은 러시아를 방문한 벨기에 총리와의 면담이 잡혀 있었지만, 일정을 조정에 직접 파티에 참석한 것이다.

"하하하! 강 회장을 만나는 게 제일 우선이에요. 언제든 지 내가 필요하면 연락하세요. 내 전화번호는 잘 알고 있지 요?"

"물론입니다. 머릿속에 완벽하게 저장되어 있습니다."

옐친 대통령과 나의 이야기를 듣고 있는 주변 사람들의 표정에는 놀라움과 부러움이 동시에 교차했다.

러시아의 국가 수반인 옐친 대통령과 언제든지 통화를 할 수 있는 인물이라는 것을 확실히 알린 것이다.

그건 러시아의 어떤 권력보다도 큰 힘을 발휘하는 무기였다.

"하하하! 내가 우리 강 회장을 만나지 못했다면 이 자리에 없었을 것입니다. 난 어떤 상황에도 강 회장 편이니까 러시아를 위해서 힘을 써주길 바랍니다."

"예, 강한 러시아가 될 수 있게 열심히 노력하겠습니다."

"하하하! 강 회장과 같은 인물 두세 명만 러시아에 더 있다면 난 아무 걱정 없이 지낼 수 있을 것입니다. 자, 이건 내가 주는 선물입니다."

옐친 대통령은 내 말에 크게 웃으며 봉투 하나를 내게 주었다.

"감사합니다."

난 고개를 숙여 옐친 대통령에게 인사를 건넸다. 그가 건네준 봉투를 궁금해하는 사람들을 뒤로한 채 옐친 대통령은 파티장을 떠났다.

엘친 대통령이 나에게 준 봉투는 코사크가 러시아 공군 비행장을 이용할 수 있게 해주는 명령문이었다.

그 대가로 러시아산 일류신 IL-76MF 두 대와 안토노프 An-124 러슬란을 구매했다.

일류신 IL-76MF는 일류신 76의 업그레이드 모델로 화물 탑재량을 48톤으로 늘린 수송기며, 안토노프 An-124는 4발 터보 팬엔진을 갖춘 러시아 전략 수송기로서 현재 운용하는 전략 수송기 중 가장 큰 수송기다.

안토노프 An-124는 88명의 병사를 수송할 수 있으며 적재 중량은 230톤이다.

또한 안토노프 An-124 러슬란은 MBT급 전차 및 SS-20 중거리 탄도 미사일(ICBM)의 탑재도 가능하며, 전략 수송기임에도 비포장 활주로에서 운용이 가능한 전술 수송기 능력이 추가된 기체다.

앞으로 코사크의 타격대를 비롯한 다양한 물자들을 러시아 전역으로 신속하게 이동시킬 수 있는 막강한 무기를 손에 넣은 것이다.

나에게 반갑게 인사를 건넨 인물은 미하일 호도르콥스키였다.

"초대해 주셔서 감사합니다."

그는 닉스의 신발을 수입했었고 나를 러시아로 이끈 인물이기도 했다.

"요즘 사업은 어떻습니까?"

"신통치가 않습니다. 러시아에서 좋은 사업들은 모두 강회장님께서 하시는 것 같습니다."

역사대로라면 호도르콥스키는 내가 사들였던 유코스를 인수하여 러시아 제2의 석유 기업으로 키웠다.

역사가 달라지자 그 또한 작은 수입상을 운영하는 인물에 그치고 있었다.

올리가르히(신흥 재벌)였던 그가 운영했던 유코스는 2000년대 전 세계 석유 생산량의 2%를 차지할 정도로 큰 성공을 거두어 개인 재산을 120억 달러까지 불렸고, 2004년 경제 전문 매거진인 포브스(Forbes)에 의해 40대 이하 세계 최고 갑부에 선정되었다. 하지만 지금 호도르콥스키는 이젠 평범한 사업가일 뿐이었다.

"하하하! 러시아와 저하고는 궁합이 잘 맞는 것 같습니다."

"제가 볼 때도 그러신 것 같습니다. 이렇게나 빠른 시간에 큰 회사들을 성장시키시리라고는 생각지 못했습니다."

"저도 그랬습니다. 기회를 잘 잡으시는 호도르콥스키 씨도 조만간 운영하는 회사가 크게 성장하실 것입니다."

"그랬으면 좋겠습니다. 요새는 러시아 경기가 좋지 않아서인지 제가 수입하는 물건들이 잘 팔리지 않습니다."

호도르콥스키는 더는 닉스를 수입하지 못했다.

처음 수입을 해간 닉스의 신발들이 러시아에서 지명도가 떨어져서인지 그가 생각했던 만큼 판매가 이루어지지 않자 수입을 중단했다.

그러나 그 후 마이클 조던을 닉스의 모델로 투입하고 미국에서 조던 시리즈가 폭발적인 인기를 끌게 되자, 러시아에서도 지명도가 높아져 닉스 신발이 큰 인기를 끌고 있었다.

하지만 지금은 도시락 판매장에서 닉스를 직접 수입해 판매하고 있었다.

"그러시면 블루오션의 전화기를 수입해서 팔아보시지요."

호도르콥스키는 블루오션이 내가 운영하는 회사 중에 하나라는 걸 알고 있었다.

"전화기를 말씀입니까?"

"예, 러시아도 중국처럼 각 지역의 전화 보급률이 떨어지지 않습니까? 러시아가 경제 발전을 이루기 위해서는 통신이 발전하지 않으면 안 됩니다. 러시아 정부에서도 내년부터 통신 인프라에 대한 투자가 크게 진행될 것입니다."

나는 호도르콥스키에게 고급 정보를 알려주었다. 이에 발맞추어 블루오션도 러시아 진출을 본격적으로 검토하고 있었다.

"정말 감사합니다. 바로 알아보겠습니다."

호도르콥스키는 고개를 숙여 고마움을 표시했다. 남들보다 먼저 정보를 습득해서 한 발짝이라도 앞서간다는 것은 돈을 벌어들일 기회가 높다는 거였다.

파티에 참석한 유력인사들과 이야기를 나눌 때 비서실장인 루슬란이 내 옆으로 왔다.

"박명준 대표가 도착했습니다. 현재 별실로 안내했습니다."

룩오일과 합작 파트너가 된 대산에너지의 박명준에게도 초대장을 보냈었다.

"박명준이 왔다고 니콜라이 대표에게 말하십시오."

니콜라이는 이사에서 룩오일의 대표로 승진했다. 룩오일 NY의 탄생과 더불어서 각 회사의 대표도 정해졌다.

"예, 그렇게 전하겠습니다."

루슬란이 니콜라이에게 내 말을 전하는 것을 확인한 후 나 또한 천천히 별실로 향했다.

박명준은 넥타이를 바로 잡았다.

항공편이 연착되는 바람에 일정보다 하루 늦게 모스크바

에 도착하고 말았다.

공항에서 파티 장소인 모스크바 인터내셔널호텔까지 곧장 달려온 상태였지만 약속된 시간보다 늦고 말았다.

룩오일NY 창업 파티장에는 보리스, 옐친 러시아 대통령까지 참석했다는 소식을 들었다.

그뿐만 아니라 러시아의 정치, 경제를 주름잡고 있는 인물들 대다수가 파티장에 모여 있었다.

그때였다.

오른쪽 문이 열리며 룩오일의 대표인 니콜라이가 방 안으로 들어왔다.

"어서 오십시오. 먼 길 오시느라 고생이 많으셨습니다."

"정말 죄송합니다. 예상치 못하게 비행기가 연착되어 늦었습니다."

대산그룹의 이대수 회장의 중국방문을 함께 수행했었던 박명준은 베이징 서우두 국제공항의 문제로 인해 비행기를 제때 타지 못했다.

"하하하! 괜찮습니다. 이렇게 파티장에 오시지 않았습니까."

"그렇게 생각해 주시니 정말 감사합니다."

박명준은 조심스러웠다.

룩오일과 계약을 진행하고 나서 룩오일이 얼마나 큰 회

사인지 새삼 알게 되었기 때문이다.

룩오일은 대산그룹의 전체 매출보다도 더 큰 매출을 자랑하고 있었고, 이익은 가늠하기 힘들었다.

더구나 노바테크와 유코스를 합병함으로써 매출의 규모가 지금보다 2~3배로 늘어난 것으로 판단하고 있었다.

룩오일은 두 회사와의 합병으로 인해 러시아에서 생산하는 25%의 원유와 32% 천연가스를 생산하는 거대 에너지 기업이 되었고, 앞으로 생산량은 더 늘어날 것으로 예측하였다.

이 같은 사실을 아직 대산그룹은 모르고 있었지만, 세계적인 에너지 기업들은 룩오일을 주시하고 있었다.

"오늘 특별히 박 대표님을 초청한 것은 저희를 이끌고 계시는 회장님의 특별지시가 있었기 때문입니다."

"아, 그렇습니까?"

박명준은 니콜라이의 말에 잔뜩 긴장되는 표정이었다.

룩오일NY 그룹의 회장인 표도르 강은 룩오일뿐만 아니라 러시아의 경호 경비 시장을 장악하고 있는 코사크와 국제 다이아몬드 시장에 영향력이 증대되고 있는 알로사, 러시아에서 가장 큰 이익을 내는 소빈뱅크를 비롯하여 광물 제련 시장을 빠르게 장악해 가고 있는 세레브로제련, 중고 자동차 시장에 파란을 일으키고 있는 라두가 자동차까지 대단한 회사들을 거느리고 있었다.

더구나 러시아 정치권과의 친분은 두말할 것도 없고 악명 높은 러시아 마피아들에게까지 큰 영향력을 행사한다는 소문이 들려왔다.

한마디로 러시아에서 옐친 대통령 다음으로 막강한 영향력과 재력을 행사한다는 평가가 있을 정도였다.

"회장님께서 대산에너지에 대한 기대도 아주 크신 것 같습니다. 사실 저희는 외부에서 투자를 굳이 받지 않아도 자체적으로 모든 걸 해결할 수 있습니다. 회장님의 특별 지시가 없었다면 대산에너지와의 계약은 없었을 것입니다."

"저희도 그 점에 대해서 깊은 감사를 드립니다. 저희 회장님께서도 표도르 강 회장님을 한번 뵙고 싶다는 말씀이 있었습니다. 기회가 되신다면 표도르 강 회장님이 한국을 방문하실 계획이 없으신지요?"

"아마도 조만간 방문할 계획이 있으신 것으로 알고 있습니다. 직접 만나시면 한번 여쭤보시지요."

"예, 그렇게 하겠습니다."

Chapter 13

박명준은 룩오일과의 인연을 천운으로 생각하고 있었다. 이전에 자신이 맡았던 필립스코리아는 그가 물러나자마자 시장 점유율과 매출이 빠르게 떨어졌다.

그의 후임자가 무선호출기 시장에 대한 오판도 한몫했지만, 블루오션의 큐브의 돌풍이 너무 거셌기 때문이다.

박명준은 자리를 옮기자마자 룩오일과의 계약 성사로 인해 다시 한 번 이대수 회장의 신임을 받게 되었다.

그때 박명준 뒤쪽 문이 열리며 비서진들과 함께 한 인물이 들어왔다.

그 모습에 니콜라이가 자리에서 벌떡 일어나자 박명준도 의자에서 덩달아 일어나며 뒤를 돌아보았다.

그런데 자신이 잘 알고 있는 인물이 웃으면서 걸어오고 있었다.

"어, 강 대표께서 여기는 어쩐 일로⋯⋯."

박명준은 나를 보자마자 어안이 벙벙한 얼굴로 내게 물었다.

그의 얼굴에는 내가 이곳에 왜 있는지에 대한 물음표가 가득했다.

"하하하! 박 대표님을 만나러 왔지요."

"룩오일NY의 표도르 강 회장님이십니다."

내 말이 떨어지자마자 니콜라이가 나를 정식으로 소개했다.

"저, 정말이십니까?"

박명준은 놀란 눈을 한 채 평소와 다르게 말을 더듬으며 물었다.

"예, 제가 표도르 강입니다."

'정말인 것 같은데⋯⋯. 이런 말도 안 되는 일이⋯⋯.'

"죄송합니다. 제가 너무 놀라서⋯⋯."

박명준은 지금의 상황을 어찌할 줄을 몰랐다.

"놀랍게 드리려는 아니었습니다. 자, 자리에 앉으시지요."

내가 자리에 앉으려 하자 니콜라이는 상석을 나에게 양보하며 옆으로 자리를 옮겼다.

니콜라이의 조심스러운 행동이나 방 안에 대기하고 있는 인물들이 나를 대하는 모습에 박명준은 점차 현 상황을 인지하기 시작했다.

"어떤 식으로 말씀을 드려야 할지 모르겠습니다만, 대산에너지를 선택해 주셔서 감사드립니다."

박명준의 말투가 완전히 달라졌다. 자신이 모시고 있는 이대수 회장을 대하듯 날 조심스러워했다.

"룩오일에도 이익이 되기 때문에 선택한 것입니다. 비즈니스에는 상호 간에 이익이 동반돼야 하지 않습니까?"

"맞는 말씀이십니다. 한 가지 궁금해서 그러는데 여쭤봐도 되겠습니까?"

"물론입니다. 말씀하세요."

"강 회장님께서 한국 내에서 운영하시는 회사들도 룩오일NY의 계열사들입니까?"

"후후! 글쎄요. 아직은 상호 간의 지분 관계가 작아서 독립적인 형태로 봐야겠지요."

아직 닉스홀딩스와 국내에서 운영 중인 기업 간의 지분 관계가 정리되지 않았다.

한국으로 돌아가는 대로 회사들의 지분 교환을 통해서 계열사가 정해질 것이다.

"그렇군요. 한데 정말이지 어떻게 이런 거대한 회사를 인수하시게 되었는지 궁금증이 머릿속에서 떠나지 않고 있습니다."

박명준의 머릿속은 혼란스러웠다.

상식적으로나 이성적으로도 강태수가 룩오일NY의 회장이라는 게 쉽사리 이해되지 않았다.

룩오일NY의 규모가 28년의 역사를 자랑하는 대산그룹보다도 모든 면에서 컸기 때문이다.

"그걸 다 이야기하려면 시간이 한참 걸립니다. 오늘은 룩오일과 대산에너지에 관한 이야기만 하시지요."

'한국에서 볼 때와는 무게감이 다르다……. 21살의 나이에 어떻게 이러한 일이 가능할까?'

박명준의 머릿속은 혼돈 그 자체였다.

"예, 알겠습니다."

박명준은 이대수 회장에게 느꼈던 위압감을 나에게서도 느끼고 있었다.

박명준은 쇠망치로 머리를 맞은 듯한 충격이 좀처럼 가시지 않았다.

강태수를 처음 봤을 때가 1년 반 전이었다.

첫인상이 어디에서나 흔히 볼 수 있는 앳된 대학생과 같은 느낌이었다.

그다지 강렬한 인상을 느끼지 못했었다. 그 후에도 만남이 있었지만, 오늘 만난 강태수는 너무 달라져 있었다.

함부로 범접하지 못할 위엄까지 내보였다.

"철저하게 우리를 속여왔어……. 하지만 그래도 이건 믿을 수 없는 일이야."

룩오일이 예약해 준 호텔로 숙소로 올라온 박명준은 아직도 놀란 눈을 하고 있었다.

룩오일NY의 회장인 강태수가 가진 위상을 두 눈으로 확인했기 때문에 믿지 않을 수도 없었다.

회사 업무와 연관된 대화를 마친 강태수는 파티에 참석한 사람들을 소개해 주었다.

박명준은 이대수 회장조차 쉽게 만날 수 없는 러시아의 정치인과 유력 인사들이 강태수에게 고개를 숙이는 것을 두 눈으로 똑똑히 보았다.

러시아 주재 대사인 박홍식 대사는 강태수를 보자마자 꼬리를 흔드는 강아지처럼 비위를 맞추기 위해 여념이 없었다.

"박홍식 대사도 강태수가 룩오일NY의 회장이라는 알았

다는 것인데······. 우리가 전혀 몰랐다는 것은 인위적으로 정보를 차단한 것인가?"

대산그룹이 보유한 정보망은 재계에서도 유명했다. 하지만 이곳 러시아에서는 그 정보망이 유명무실했다.

"후! 회장님께 보고할 수도 없고······."

박명준은 한숨을 내쉴 수밖에 없었다.

박명준에게 아직은 이대수 회장이나 이중호에게 나에 대한 정보를 전하지 말라고 말했기 때문이다.

나에 관한 정보를 알리며 대산에너지와의 계약을 무효로 돌리겠다고 말도 함께 전했다.

"강태수는 내가 상대할 수 있는 범위를 넘어섰어. 중호가 이 사실을 알게 되면 충격이 크겠는데······."

창가에 비친 모스크바는 서서히 저녁노을이 지고 있었다.

모스크바 인터내셔널호텔 정문 앞에서는 방탄 리무진과 함께 앞뒤로 벤츠 다섯 대가 대기하고 있었다.

그 앞으로는 건장한 체격에 세련된 양복을 입은 인물들이 자리하고 있었다.

박명준이 호텔 로비에서 나오자 리무진의 문이 열렸다.

"타십시오. 오늘 밤을 이렇게 보낼 수 없으니까요."

나의 말에 박명준은 놀란 눈을 껌벅거렸다.

"이 차들은 다 무엇입니까?"

"경호 차량입니다. 박 대표님도 모스크바의 무서움을 겪어보시지 않았습니까?"

"허, 경호 차량이 다섯 대나 되십니까?"

박명준은 리무진에 오르면서 물었다. 그의 얼굴은 기가 질린 표정이었다.

리무진의 문이 닫히자 주변을 경호하던 경호원들도 벤츠에 올라탔다.

"상황에 따라서는 경호 차량이 더 늘어날 수 있습니다."

"이건 정말이지 국가 원수급 경호 수준입니다."

박명준이 놀란 것은 경호원의 숫자가 22명이라는 점과 모든 차량마다 방탄유리와 함께 차체에 방탄 처리가 되었기 때문이다.

그때였다.

러시아의 경찰 사이드카 두 대가 호텔을 벗어나자마자 앞쪽에서 여섯 대의 차량을 선도하기 시작했다.

그러자 도로를 달리던 차량들이 옆쪽으로 피하며 자리를 양보했다.

박명준은 이 모든 광경을 눈으로 직접 보았는데도 현실처럼 느껴지지 않았다.

리무진이 도착한 것은 블루문이라는 이름의 최고급 술집으로 말르노프 조직에서 운영하고 있었다.

리무진의 양쪽 문이 경호원에 의해서 열리자 박명준은 밖의 상황을 한눈에 볼 수 있었다.

블루문의 주변에서도 경호원으로 보이는 인물들이 자동소총을 들고서 서 있는 게 박명준의 눈에 들어왔다.

'도대체 경호원을 몇 명을 동원한 거야?'

나의 등장으로 인해 블루문에 들어가려 했던 손님들이 경호원들에 의해서 한쪽으로 밀려났다.

회원제로 운영되는 블루문에 들어가려 했던 인물들 모두가 보통이 아니었지만, 그들 모두 표도르 강이라는 말 한마디에 입을 닫았다.

"어서 오십시오. 모든 걸 준비해 놓았습니다."

블루문에서 나를 반긴 인물은 다름 아닌 말르노프 조직을 이끄는 샤샤였다.

샤샤는 이제 모스크바의 밤을 지배하는 4대 그룹의 실질적인 리더이기도 했다.

"한국에서 온 귀한 손님을 데려왔으니까, 최고의 맛을 선보여야 해."

"물론입니다. 저희 가게의 쉐프가 러시아에서 최고의 실력을 갖추고 있습니다."

나는 샤샤의 말에 고개를 끄떡이며 멍한 표정의 박명준을 안으로 이끌었다.

"자, 들어가지요."

"아, 예."

블루문의 안에 들어서자 러시아와 북유럽풍 스타일의 디자인을 교묘하게 조합하여 만들어진 아름다운 인테리어가 박명준을 맞이했다.

술집이라는 것이 믿어지지 않은 블루문은 그 어디에서도 쉽게 볼 수 없었던 멋지고 고급스러움이 묻어나오는 곳이었다.

박명준의 눈은 어느 순간부터 날 정면으로 응시하지 못했다.

마치 옛 러시아의 황제인 차르를 대하듯이 말이다.

*　　　*　　　*

울창한 나무들로 둘러싸인 고택은 중세의 모습이 고스란히 남아 있는 남프랑스의 카르카손 요새 도시를 한눈에 바라보고 있었다.

고택의 맨 위층에는 미술관에서나 볼 수 있는 고흐와 모네의 작품은 물론이고 입체파 화가인 파블로 피카소와 살바도르 달리의 작품들이 벽에 차례대로 걸려 있었다.

작품 하나하나마다 수천만 달러를 달하는 대표적인 작품들이었다.

만약 고택의 벽에 걸린 작품들이 진품이라면 현재 유럽의 유명 미술관과 박물관들에 걸려 있는 작품들은 가짜일 것이다.

유명 화가의 작품들이 걸린 벽 앞으로는 수만 권에 이르는 고서와 장서들로 가득한 고풍스러운 책장들이 늘어서 있었다.

수만 권의 책들이 있는 곳에는 단 하나의 책상만 있었고 그곳에는 한 남자가 앉아 있었다.

의자에 앉은 금발의 남자는 멋진 연미복을 한 인물로부터 보고를 받고 있었다.

"러시아에서의 공작이 생각보다 성공적이지 못했습니다."

"록펠러 쪽에서 방해를 했나?"

"록펠러 카르텔은 움직이지 않았습니다."

"그럼?"

40대로 보이는 금발의 남자는 의구심이 가득한 눈으로 물었다.

"표도르 강이라는 인물이 생각보다 빠르게 러시아 경제를 안정시키고 있습니다."

"후후! 존 록펠러가 먹이를 주어 키운 강아지를 말하는 건가?"

"예, 강아지가 생각보다 너무 빨리 커버린 것 같습니다. 록펠러 쪽에서도 당황스러운 기색을 보이는 것 같습니다."

"석유를 갖고서 재미를 보더니, 러시아를 너무 쉽게 보았군."

금발 사내의 이름은 데이비드 II세였다. 정확한 그의 이름은 데이비드 로스차일드 II세였다.

세계의 부를 움켜지고 있는 로스차일드 가문과 록펠러 가문은 세계를 자신들의 아래에 두려는 싸움을 해오고 있었다.

2차 대전 전까지 압도적으로 세계 금융계를 지배했던 것은 로스차일드 가문이었다.

그러나 베트남전 이후 재정 위기에 처한 미국 정부가 금본위제(브레턴우즈 체제)를 폐지하면서 금에 집착하던 로스차일드는 미국의 석유 재벌 록펠러 가문에 세계 금융시장의 주도권을 내주고 말았다.

석유를 중심으로 한 인류의 에너지 혁명과 함께 닉슨 대통령의 금본위제도 폐지로 인해 세계 최고 수준의 금 보유량을 자랑하는 로스차일드 가문으로부터 세계 석유 시장을 독점하고 있는 록펠러 가문에게 권력이 이동하게 된 것이다.

특히 금본위제 폐지로 인해 미국은 실물 자산과 연계되지 않는 엄청난 양의 달러를 찍어내게 되었고, 이를 바탕으로 록펠러 가문은 석유 가격을 자유자재로 조종하면서 막대한 자금을 벌어들였고 국제 금융시장을 장악하게 되었다.

"표도르 강의 룩오일이 러시아 원유와 천연가스의 삼분의 일을 소유하게 되었습니다. 단지 몇 년 만에 이루어낸 일이라서 저희 쪽도 놀라고 있습니다."

"재미나는군. 놈을 주시해 보도록 하지."

"알겠습니다. 일본과 태국에서의 작전은 순조롭게 시작되었습니다. 소로스가 이번에는 영국에서 실패를 만회하겠다고 했습니다."

퀀텀펀드의 조지 소로스는 로스차일드 가문에 후원을 받고 있었다.

"그래야겠지. 이번에 확실한 덫을 놓아야만 아시아의 교두보를 록펠러 놈들에게 빼앗기지 않아."

"예, 꼭 그렇게 하겠습니다."

"놈들이 덫에 걸리면 그동안 기고만장했던 일들을 후회

하게 되겠지."

로스차일드 가문을 이끌고 있는 데이비드 II의 얼굴에는 만족스러운 웃음이 피어났다.

*　　　*　　　*

박명준에게 위화감을 줄 정도의 모습을 일부러 보여준 것은 그를 내 편으로 끌어들이기 위함이었다.

러시아에서는 필요한 인재들의 수급에는 문제가 없었다. 경제가 원활하게 돌아가지 않자 기업들과 정부 기관조차 기존 인원들을 감원하려 했고 새로운 인력을 충원하지 않았다.

그러다 보니 상당한 고급 인력들과 인재들이 일자리를 찾지 못했다.

이러한 사태는 룩오일NY이 산하에 있는 기업들에는 좋은 인재를 수급할 기회였고, 실제로도 우수한 인재들이 대거 몰려들었다.

하지만 한국은 검증된 인물을 찾기가 쉽지 않았다. 무언가를 스스로 만들어낼 수 있는 인물을 말이다.

박명준은 필립스코리아를 잘 이끌어왔다. 미래에 대한 정보를 바탕으로 한 블루오션만 아니었더라면 필립스코리아는 충분히 무선호출기 시장을 석권할 수 있는 제품들을 내놓았었다.

더구나 한국 내에 있는 정보 팀에서 대산그룹 산하 몇몇 기업의 비이상적인 돈의 흐름이 찾아냈다.

상당한 뭉칫돈이 정민당 대표인 한종태에게 흘러들어 갔고, 민족문화진흥연구소라는 단체에도 적지 않은 돈이 전해졌다.

돈이 전해진 민족문화진흥연구소의 활동이 상당히 의심스러웠고 구성원 대부분이 20~30대의 젊은 인물이었다.

한데 그들은 일반적인 인물들이 아니었다.

흑천과 연관된 기업을 찾고 있는 과정에서 대산그룹이 미심쩍은 움직임을 보인 것이다.

대산그룹과 흑천이 연관된 확실한 증거를 찾을 수 있는 인물은 내부자뿐이었다.

도청을 방지하는 시스템까지 설치된 룸에는 나와 박명준만이 자리를 함께했다.

최고급 위스키와 함께 테이블에는 최고 등급의 캐비어와 향이 독특한 송로버섯, 바닷가재 요리와 샥스핀이 차려졌다.

서로가 위스키를 한두 잔 나눠 마신 후 박명준에게 질문을 던졌다.

"박 대표님께서는 한국 경제를 어떻게 보십니까?"

"한국 경제 말씀입니까?"

뜻밖의 질문 때문인지 박명준은 내게 다시 물었다.

"예, 앞으로의 한국 경제의 전망을 듣고 싶습니다."

"글쎄요. 제가 경제학자는 아니지만, 회사를 운영하는 측면에서 볼 때 향후 10년은 문제없이 고도 성장을 이룰 것 같습니다. 보셨는지는 모르겠지만, 미국의 DRI와 맥그로힐 사가 발간한 세계 경제 전망 보고서에도 향후 16년간 한국은 6.4%씩 성장한다고 했습니다. 보고서를 떠나서라도 지금의 한국 경제는 무리 없이 순항을 할 것입니다."

가장 공신력 있는 것으로 꼽히는 세계 경제 전망 기관 중의 하나인 DRI(Data Resources Incoporated)는 한국 경제가 중국과 아르헨티나에 이어 세계 3위의 고성장을 16년간 지속할 것으로 예측했다.

하지만 보고서는 중국과 연관된 부분은 맞았지만, 한국과 아르헨티나는 예측이 빗나갔다.

"저도 보고서는 접했습니다. 한데 저는 스탠퍼드대학교 경제학과 교수인 폴 크루그먼이 발표한 논문이 눈에 들어오더군요. 그 논문의 핵심은 아시아 개발국들의 급속한 경제 발전은 기술과 제도의 발전을 통한 생산성 향상 없이 노동과 자본 등 생산 요소의 과다 투입에 의존한 것으로 곧 한계에 부닥칠 수밖에 없다고 하더군요."

한마디로 생산 효율을 위한 투자는 소홀히 한 채 규모 확대에만 치중하다가는 한계에 직면한다는 말이었다.

2008년 노벨 경제학상을 받은 폴 크루그먼의 예측은 정확히 3년 후 아시아 금융 위기를 통해서 현실로 나타났다.

그 금융 위기가 인위적인 것인지, 아니면 폴 크루그먼의 주장에 따른 문제점에 의한 것인지는 모르지만 말이다.

박명준은 나의 말에 살짝 놀라는 표정이었다.

"저는 그 논문을 보지 못해 어떻다고 말씀드리지는 못하겠지만, 조선과 가전, 반도체, 석유화학, 철강 등을 비롯한 한국의 핵심 사업 분야에서는 세계적인 규모와 점유율을 가지고 있습니다. 비록 한국 기업이 하이테크 분야와 기술 경쟁력에서 부족한 면이 있지만, 조만간 이 부분도 해결될 것으로 생각됩니다. 기업의 입장에서는 규모나 시장 점유율을 무시할 수 없습니다."

박명준도 일반적인 기업인들이 가지고 있는 보편적인 생각을 이야기했다.

기업이나 개인이 가진 생각들은 동일했다.

돈이 된다 싶으면 앞뒤를 재지 않고 뛰어들었고 미래에 대해서는 실패 가능성이 아닌 장밋빛으로 그렸다.

"틀린 이야기는 아니지요. 하지만 국제적인 기업 환경은 시시각각 새롭게 변화하고 있습니다. 국내에서 바라보는 거와는 전혀 다른 세상이 되어가고 있습니다. 현재 국내 기업들이 벌이고 있는 문어발식 확장은 부메랑이 되어 큰 아픔으로 돌아올 수 있습니다."

'왜 나한테 이런 이야기를 꺼내는 거지?'

솔직히 술자리에서 나눌 이야기보다는 경제 세미나에서나 나눌 법한 이야기였다.

"예, 저도 룩오일과의 계약을 이루는 과정에서 많은 것을 배웠습니다. 우물 안의 개구리와 같은 시야를 갖고 있었다는 것을 강 회장님을 통해서 뼈저리게 느껴가고 있습니다. 하지만 지금도 불가능에 가까운 일을 어떻게 해낼 수 있었는지에 대한 물음이 가득합니다."

"후후! 그 물음에 대한 해답을 제 곁에 머물면서 찾아보시는 것이 어떻습니까?"

대산그룹에 적을 두고 있는 박명준은 열정과 능력까지 갖춘 인물이었다.

아랫사람을 시키기 전에 자신이 먼저 솔선수범하는 스타일이었다.

'무슨 뜻인지? 설마 날 스카우트하겠다는 말인가?'

"죄송합니다만, 그 말뜻을 정확히 어떻게 받아들여야 하는지요?"

"전 박명준 대표님이 마음에 듭니다. 기회가 되면 같이 일하고 싶다는 뜻입니다."

"하하! 농담이 아니시군요. 너무 뜻밖의 말이라서……."

박명준은 내가 한 말이 그냥 던지는 이야기가 아니라는 걸 알았다.

"새롭게 시작한 사업을 맡고 계시니까 지금 당장 결정하시라는 것이 아닙니다. 천천히 생각해 보십시오. 제 말을 미래에 대한 보험이라고 생각하시는 게 편하겠네요."

박명준이 대표를 맡은 대산에너지는 성공하기가 힘들었다. 룩오일에서 넘긴 탐사 지역들에서 원유와 천연가스가 발견될 확률이 극히 낮았다.

더구나 사하공화국의 혹독한 자연환경을 너무 등한시한 게 문제였다.

'강태수의 뒤에는 누가 있다고 믿었는데, 지금 보니 그게 아니었어…….'

박명준은 흔들렸다.

자신이 생각하고 있었던 것 이상으로 강태수는 뛰어난 인물이었다.

강태수 회장은 모든 분야에서 막힘이 없었고 국제정세와 미래를 내다보는 안목에 입이 다물어지지 않았다.

박명준은 대화를 계속할수록 강태수에게 빠져들어 갔다.

*　　　*　　　*

소빈뱅크의 외환 딜링룸을 이끌고 있는 아시노프 외환거래 팀장이 그의 팀원인 티토바를 데리고 왔다.

18살의 티토바는 모스크바대를 14살에 조기 졸업한 천재로 현재 수학과 통계학 박사다.

천재적인 수리 능력과 뛰어난 판단력까지 겸비한 티토바는 소빈뱅크 외환 딜링룸의 수석 딜러다.

0.1초 안에 적게는 100만 달러에서 많게는 수천만 달러를 거래하는 외환 딜러 중에서도 수석 딜러를 주포라고 한다.

주포인 티토바는 자신의 판단 아래 한 번에 1억 달러를 거래할 수 있었고, 하루 매매 한도는 4억 달러였다.

하지만 특별한 경우 아시노프 팀장의 허가 아래서는 1~3억 달러까지 거래할 수 있었고, 매매 한도도 8억 달러로 늘어났다.

사실 딜러로 선발됐다고 당장 실전에 투입되는 것은 아니다. 회사마다 다소 다르지만 1년 가까이 국내외 연수 과정을 거치고, 외환 업무를 지원하는 부서나 국제금융 부서에서 일하며 감각을 익혀야 한다.

외환 거래를 담당하더라도 초기 몇 년간은 매매와 손실 한도가 제한되는 주니어 딜러 시절을 거쳐야 한다.

여기서 실력을 인정받으면 하루 매매 한도가 1억~2억 달러에 이르고, 기업이나 개인이 주문하는 거래를 처리할 수 있는 선임 딜러가 된다.

티토바는 이러한 모든 걸 뛰어넘었다.

"태국에 돈이 몰려들고 있습니다. 엔화와 위안화도 공격을 받고 있습니다."

국제 투기 자본 세력과 금융 세력들이 다시금 움직이기 시작한 것이다.

"드디어 시작된 건가?"

"예, 4월 1달러대 125엔에서 시작된 엔고가 미, 일 정상회담의 결렬로 100엔까지 치솟았습니다. 중국의 원화도 연초 단일변동환율제를 채택하면서 50%나 평가절하됐습니다."

한국의 원화도 막대한 외국인 증권 자금이 유입돼 평가절상되고 있었다.

한편으로 엔고의 영향으로 한국의 반도체, 자동차, 조선 철강업이 호황을 맞고 있었다.

하지만 800원대에 머무는 한국의 저환율 정책에 의해서 신발, 섬유, 완구 등 경공업 제품들은 경쟁력을 점점 상실해 가고 있었다.

그와 함께 달러화의 가치 하락이 생각보다 빠르게 진행되고 있었다.

"자신 있겠지?"

난 티토바를 바라보며 물었다.

"물론입니다. 현재 자금의 흐름은 예측한 시뮬레이션대로 움직이고 있습니다."

티토바는 자신감 있게 말했다. 티토바가 만들어낸 투자 분석 알고리즘은 현재 나와 있는 어떠한 방식의 분석 알고리즘보다 뛰어났다.

더구나 티토바는 자신이 개발한 투자 분석 알고리즘에 의지하지 않았고 하나의 도구로만 이용할 뿐이었다.

알고리즘 거래는 환율 변동성이 크고, 환율이 상당 기간 한 방향으로 움직일 때 가장 좋은 성과를 낼 수 있었다.

이미 유럽과 일본 시장에서 티토바는 큰 성공을 이루어 냈었다.

"좋아, 창고를 푼다."

내 허락이 떨어지면 소빈뱅크가 가지고 있는 자금의 30%를 이용할 수 있었다.

"기대하셔도 될 것입니다."

자신감 넘치는 대답을 하는 티토바의 눈이 반짝이고 있었다.

소빈뱅크는 승자와 패자가 확실하게 나뉘는 본격적인 환율 전쟁에 뛰어든 것이다.

3년 후 아시아와 러시아를 휩쓸어 버린 금융 위기를 만들어낸 환율 전쟁이 본격적으로 진행되고 있었다.

『변혁1990』 22권에 계속…

초대형 24시 만화방

신간 100%, 샤워실, 흡연실, 수면실(침대석), 커플석, 세탁기 완비

■ 강북 노원역점 ■

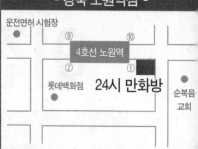

운전면허 시험장
④ 4호선 노원역 ⑩
⑨
②
롯데백화점 ① 24시 만화방
순복음
교회

서울 노원구 상계동 340-6 노원역 1번 출구 앞 3층
02) 951-8324 (화용빌딩 3층)

■ 일산 정발산역점 ■

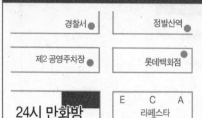

경찰서 ● 정발산역 ●
제2 공영주차장 ● 롯데백화점 ●
24시 만화방
E C A
라페스타
F D B

라페스타 E동 건너편 먹자골목 내 객잔건물 5층
031) 914-1957

■ 일산 화정역점 ■

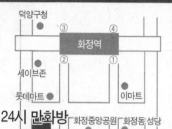

덕양구청
③ ④
화정역
② ①
세이브존
롯데마트 이마트
24시 만화방
화정중앙공원 화정동 성당

경기도 고양시 덕양구 화정동 984번지 서일빌딩 7층
031) 979-4874 (서일사우나 건물 7층)

■ 부천 역곡역점 ■

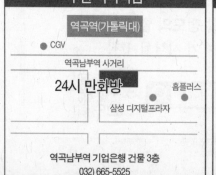

역곡역(가톨릭대)
● CGV
역곡남부역 사거리
24시 만화방
홈플러스
삼성 디지털프라자

역곡남부역 기업은행 건물 3층
032) 665-5525

■ 부평역점 ■

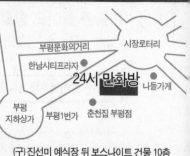

부평문화의거리 시장로터리
한남시티프라자 ●
24시 만화방
나들가게
부평 부평1번가 춘천집 부평점
지하상가

(구) 진선미 예식장 뒤 보스나이트 건물 10층
032) 522-2871

이계진입 리로디드

임경배 퓨전 판타지 소설

FUSION FANTASTIC STORY

Book Publishing CHUNGEORAM

유행이 아닌 자유추구 -
WWW.chungeoram.com

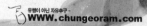

박선우 장편소설
FUSION FANTASTIC STORY

멋진
Wonderful

인생
Life

태어나며 손에 쥔 것이라고는 가난뿐.

그러나 내게는 온몸을 불사를 열정과
목숨처럼 소중한 사랑이 있었다.

『멋진 인생』

모두가 우러러보는 최고의 직장이자 가장 치열한 전쟁터,
천하그룹!

승진에 삶을 바친 야수들의 세계에서 우뚝 서게 되는
박강호의 치열하지만 낭만적인 이야기!

Book Publishing CHUNGEORAM

강준현 장편소설
FUSION FANTASTIC STORY

인생을 바꿔라

『복수의 길』, 『개척자』 강준현 작가의
2016년 신작!

자신이 무엇인지 알지 못하는 정신체, 염.
세상을 떠돌며 사람의 몸속으로 들어가
에너지를 얻고 나오길 반복하던 어느 날.

사고로 인한 하반신 마비, 애인의 이별 선언,
삶에 지쳐 자살하려는 김철의 몸에 들어가게 되는데……

"뭐, 뭐야! 아직도 못 벗어났단 말이야?"

새로운 삶을 살리라,
정처 없이 떠돌던 그의 인생 개척이 시작된다!

"어떤 삶인지 궁금하다고? 그럼 한번 따라와 봐."

Book Publishing CHUNGEORAM

유행이 아닌 자유추구 —
WWW.chungeoram.com